TRANZLATY

Language is for everyone
השפה מיועדת לכולם

The Call of Cthulhu

קריאתו של קת'ולהו

H.P. Lovecraft
ה.פ. לאבקראפט

English
עִבְרִית

www.tranzlaty.com

The Horror Made of Clay
האימה העשויה מחימר

There is one thing I find particularly merciful.
יש דבר אחד שאני מוצא רחום במיוחד

The inability of the human mind to correlate events.
חוסר היכולת של המוח האנושי לקשר אירועים

It's a blessing that we can't understand the world.
זה מזל שאנחנו לא יכולים להבין את העולם

We live blissfully on a placid island of ignorance.
אנו חיים באושר על אי שליו של בורות

An island in the midst of black seas of infinity.
אי בלב ים שחור של אינסוף

And it was not meant that we should voyage far.
ולא התכוון היה שנפליג רחוק

The sciences each strain in their own directions.
המדעים פונים כל אחד לכיוון שלו

But hitherto science's findings have harmed us little.
אבל עד כה, ממצאי המדע פגעו בנו מעט

But some day dissociated knowledge will be pieced together.
אבל יום אחד ידע מנותק יורכב יחד

Terrifying vistas of reality will open up to us.
נופים מפחידים של המציאות ייפתחו בפנינו

And we will be left in a frightful vantage point.
ונישאר בנקודת תצפית מחרידה

We will either go mad from the revelation we are given.
או שנשתגע מהגילוי שניתנה לנו

Or we will flee from the deadly light that we will see.
או שנברח מן האור הקטלני שנראה

We will run from the knowledge we had always pursued.
נברח מהידע שתמיד רדפנו אחריו

And we will seek the peace and safety of a new dark age.
ונחפש את השלום והביטחון של עידן חשוך חדש

Theosophists have guessed at the scale of the cosmos.
תיאוסופים ניחשו את קנה המידה של הקוסמוס

Our world is but a transient incident in this cycle.
עולמנו הוא אך אירוע חולף במחזור הזה

The human race plays but a little role in the universe.

המין האנושי משחק רק תפקיד קטן ביקום

The theosophists have hinted at strange methods of survival.

התיאוסופים רמזו על שיטות הישרדות מוזרות

But their suggestions would freeze a rational man's blood.

אבל הצעותיהם יקפיאו את דמו של אדם רציונלי

Only the optimism of their ideas hides the horror.

רק האופטימיות של רעיונותיהם מסתירה את הזוועה

But it is not their ideas that chill me the most.

אבל לא הרעיונות שלהם הם שהכי מלחיצים אותי

It is something else that fills me with terror.

זה עוד משהו שממלא אותי באימה

The single glimpse of forbidden eons I have seen.

הצצה אחת של עידנים אסורים שראיתי

When I think of what I saw my blood stands still.

כשאני חושב על מה שראיתי, הדם שלי עומד מלכת

Restlessness plagues my dreams since that glimpse.

חוסר שקט שורר בחלומותיי מאז אותו הצצה

It came to me like all dreaded glimpses of truth.

זה הגיע אליי כמו כל הצצות אימה של אמת

An accidental piecing together of separated things.

חיבור מקרי של דברים נפרדים

An old newspaper item and the notes of a dead professor.

פריט עיתון ישן ורשימות של פרופסור מת

In a flash everything was pieced together before me.

ברגע הכל התחבר מולי

I hope no one else will accomplish this terrible insight.

אני מקווה שאף אחד אחר לא יגיע לתובנה הנוראית הזו

Certainly, if I live, I shall never help anyone to know it.

בוודאי, אם אחיה, לעולם לא אעזור לאף אחד לדעת זאת

I shall never knowingly supply a link in so hideous a chain.

לעולם לא אספק ביודעין חוליה בשרשרת כה נוראית

I think that the professor, too, intended to keep silent.

אני חושב שגם הפרופסור התכוון לשתוק

He didn't mean to share the secrets that he knew.

הוא לא התכוון לשתף את הסודות שידע

And I'm sure he would have destroyed his notes.

ואני בטוח שהוא היה משמיד את הרשימות שלו

If he had not been seized by sudden and suspicious death.

אילולא היה נתפס במוות פתאומי וחשוד

***

My knowledge of the thing began in the winter of 1926-27.
הידע שלי על הדבר החל בחורף של 1926-27

My great-uncle was the professor George Gammell Angell.
דודי רבא היה פרופסור ג'ורג' גמל אנג'ל

He was the Professor Emeritus of Semitic languages.
הוא היה פרופסור אמריטוס לשפות שמיות

He lectured in Brown University, Providence, Rhode Island.
הוא הרצה באוניברסיטת בראון, פרובידנס, רוד אייילנד

His death, at the age of ninety-two, triggered the event.
מותו, בגיל תשעים ושתיים, הוא שהצית את האירוע

He was widely known as an authority on ancient
inscriptions.
הוא היה ידוע כסמכות בתחום הכתובות העתיקות

Heads of prominent museums came to him for his expertise.
ראשי מוזיאונים בולטים פנו אליו בשל מומחיותו

So his death was noticed by many within academic circles.
אז מותו זכה לתשומת לב רבה בקרב רבים בחוגים אקדמיים

Interest was intensified by the obscurity of his death.
העניין התעצם עקב אלמוניות מותו

It occurred as he was disembarking from the Newport boat.
זה קרה כשהוא ירד מהסירה של ניופורט

Witnesses say a dark nautical-looking fellow had jostled
him.
עדים מספרים שגבר כהה בעל מראה ימי דחף אותו

After being stricken, he fell suddenly, witnesses say.
לאחר שנפגע, הוא נפל לפתע, סיפרו עדים

Physicians were unable to find any visible disorder.
הרופאים לא הצליחו למצוא כל הפרעה גלויה

After some perplexed debate they reached their conclusion.
לאחר ויכוח מבלבל הם הגיעו למסקנה שלהם

"It must have been a lesion of the heart," they agreed.
"זה בטח היה נגע בלב", הם הסכימו

"After all, he was rather an elderly man," they added.
"אחרי הכל, הוא היה אדם מבוגר למדי", הוסיפו

"the brisk ascent of the steep hill caused his end."
"העלייה המהירה בגבעה התלולה גרמה למותו"

At the time I saw no reason to dissent from this dictum.

באותו זמן לא ראיתי סיבה להתנגד לאמץ טענה זו

But latterly I am inclined to wonder about their conclusion.
אבל לאחרונה אני נוטה לתהות לגבי מסקנתם

And I do more than just wonder if they were right.
ואני עושה יותר מאשר רק תוהה אם הם צדקו

***

My grand-uncle died alone as a childless widower.
דודי רבא נפטר לבדו כאלמן ללא ילדים

And so I became heir and executor to his possessions.
וכך הפכתי ליורש ומנהל עיזבון של רכושו

So I was expected to go over his papers and writings.
אז ציפו ממני לעבור על המסמכים והכתבים שלו

I moved his entire set of files and boxes to my Boston home.
העברתי את כל סט התיקים והקופסאות שלו לבית שלי בבוסטון

Much of the materials I collected will later be published.
חלק ניכר מהחומרים שאספתי יתפרסם בהמשך

Many academics in his field took great interest in his work.
אקדמאים רבים בתחומו גילו עניין רב בעבודתו

The American archeological society relied on him greatly.
האגודה הארכיאולוגית האמריקאית הסתמכה עליו מאוד

But there was one box which I found exceedingly puzzling.
אבל הייתה תיבה אחת שמצאתי תמוהה ביותר

I felt much averse from showing these files to other eyes.
הרגשתי מאוד לא בנוח להראות את הקבצים האלה לעיניים אחרות

The box had been locked, unlike the other boxes.
הקופסה הייתה נעולה, בניגוד לשאר הקופסאות

And initially I found no key that would open this box.
ובהתחלה לא מצאתי מפתח שיפתח את הקופסה הזו

But then the location of the key occurred to me.
אבל אז עלה בדעתי מיקום המפתח

The professor always carried a keyring in his pocket.
הפרופסור תמיד נשא מחזיק מפתחות בכיסו

It was indeed one of these keys that opened the box.
זה אכן היה אחד המפתחות האלה שפתח את הקופסה

But in the box was a still more closely locked barrier.
אבל בתוך הקופסה היה מחסום נעול עוד יותר

What could be the meaning of the queer bas-relief?
מה יכולה להיות המשמעות של תבליט הבסיס הקווירי?

Various paper cuttings accompanied the bas-relief.

גזרי נייר שונים ליוו את התבליט

What did the disjointed jottings and ramblings allude to?

למה רמזו הציטוטים והדברים הלא קשורים?

Had my uncle become credulous to superficial impostures?

האם דודי הפך לאמין לתחזיות שטחיות?

Perhaps in his later years his criticalness thought slowed.

אולי בשנותיו המאוחרות יותר הואטה החשיבה הביקורתית שלו

Someone had disturbed this old man's peace of mind.

מישהו הפר את שלוותו של הזקן הזה

And so I resolved to locate the eccentric sculptor.

וכך החלטתי לאתר את הפסל האקסצנטרי

The man who set in motion my uncle's strange obsession.

האיש שהניע את האובססיה המוזרה של דודי

***

The bas-relief was roughly shaped like a rectangle.

תבליט הבסיס היה מעוצב בערך כמו מלבן

The rectangular shape was less than an inch thick.

הצורה המלבנית הייתה בעובי של פחות מסנטימטר

And the bas-relief was about five by six inches in area.

ותבליט הבסיס היה בשטח של כחמישה על שישה אינץ'

It was obvious that the bas-relief was of modern origin.

היה ברור שהתבליט הוא ממקור מודרני

The designs, however, were far from modern in atmosphere.

העיצובים, עם זאת, היו רחוקים מלהיות מודרניים באווירה

The inscriptions suggested a far older civilization.

הכתובות הצביעו על ציוויליזציה קדומה בהרבה

The vagaries of cubism and futurism were many and wild.

גחמותיהם של הקוביזם והפוטוריזם היו רבות ופראיות

But normally such patterns fail to produce regularity.

אבל בדרך כלל דפוסים כאלה לא מצליחים לייצר סדירות

The cryptic regularity which lurks in prehistoric writing.

הסדירות הקריפטית האורבת בכתיבה הפרהיסטורית

This regularity was certainly present in the bas-relief.

סדירות זו בהחלט הייתה קיימת בתבליט

I was certain the inscriptions represented a writing system.

הייתי בטוח שהכתובות מייצגות מערכת כתב

I had some familiarity with the papers of my uncle.
הייתה לי היכרות מסוימת עם המסמכים של דודי
And I had looked through all of his collections and works.
ועיינתי בכל האוספים והיצירות שלו
But I failed to find any writing that was similar.
אבל לא הצלחתי למצוא שום כתיבה דומה
I could not geographically place this alphabet in any way.
לא הצלחתי למקם גיאוגרפית את האלף-בית הזה בשום צורה
Nor could I guess from what time this writing came from.
וגם לא יכולתי לנחש מאיזו תקופה הגיע כתב זה
Above these apparent hieroglyphics there was a figure.
מעל ההירוגליפים הנראים לעין אלה הייתה דמות
The figure was evidently only of pictorial intent.
הדמות נועדה ככל הנראה למטרות ציוריות בלבד
The impressionism of the picture added to the mystery.
האימפרסיוניזם של התמונה הוסיף למסתורין
No clear idea of the creature's nature could be discerned.
לא ניתן היה להבחין בשום מושג ברור על טבעו של היצור
The creature seemed to be a monster, of some sort.
היצור נראה כמו מפלצת, מסוג כלשהו
Or the symbol represented a monster, of some sort.
או שהסמל ייצג מפלצת, מכל סוג שהוא
Only a diseased mind could conceive of such a form.
רק נפש חולה יכולה להעלות על הדעת צורה כזו
My imagination yielded different pictures simultaneously.
הדמיון שלי הניב תמונות שונות בו זמנית
But my imagination may also be somewhat extravagant.
אבל ייתכן שגם הדמיון שלי קצת מוגזם
An octopus, a dragon, and also a human caricature.
תמנון, דרקון, וגם קריקטורה אנושית
I shall try not be unfaithful to the spirit of the thing.
אשתדל לא להיות בוגד ברוח הדבר
A pulpy, tentacled head surmounted a scaly body.
ראש עיסה ומחוספס התנשא על גוף קשקשי
Rudimentary wings protruded from the grotesque shape.
כנפיים בסיסיות בלטו מתוך הצורה הגרוטסקית
But the shape of the monster wasn't even the worst part.
אבל צורת המפלצת אפילו לא הייתה החלק הגרוע ביותר
The background of the picture was even more frightening.

הרקע של התמונה היה אפילו יותר מפחיד

The scenery had a vague suggestion of another civilization.
הנוף רמז במעורפל לציוויליזציה אחרת

Cyclopean architecture from a forgotten part of the world.
אדריכלות ציקלופית מחלק נשכח של העולם

***

Only some notes and press cuttings accompanied the oddity.
רק כמה רשימות וגזרי עיתונות ליוו את המוזרות

The press cuttings seemed to be only vaguely related.
נראה היה שגזרי העיתונות קשורים רק במעורפל

The hand written notes were all from my uncle.
הפתקים בכתב יד היו כולם מדודי

But his notes made no pretense to any literary style.
אבל רשימותיו לא התיימרו לסגנון ספרותי כלשהו

There was no ordering mechanism to any of the papers.
לא היה מנגנון סידור לאף אחד מהניירות

Although there seemed to be a master document to the
notes.
למרות שנראה היה שיש מסמך אב לרשימות

This document was ascribed to the cult of Cthulhu
מסמך זה יוחס לפולחן קת'ולהו

The word's letters had been painstakingly written out.
אותיות המילה נכתבו בקפידה

There should be no erroneous reading of the unheard of
word.
אסור שתהיה קריאה שגויה של המילה שלא נשמעה כלל

This Cthulhu manuscript was divided into two sections;
כתב יד קת'ולהו זה חולק לשני חלקים;

The first manuscript was titled the following:
כתב היד הראשון נקרא כך:

"1925 - Dream and Dream Work of H. A. Wilcox"
"חלום ועבודת חלומות של הא וילקוקס"1925 -

"7 Thomas St., Providence, Road Island"
"רחוב תומאס 7, פרובידנס, רואד איילנד"

And the second manuscript was titled the following:
וכתב היד השני נקרא כך:

"Narrative of Inspector John R. Legrasse"

"סיפורו של המפקח ג'ון ר לגראס"

"121 Bienville St., New Orleans, 1908 Meetings."
"רחוב בינוויל 121, ניו אורלינס, פגישות 1908"

"Notes on Same, & Prof. Webb's account of events"
"הערות על אותו דבר, ותיאור האירועים של פרופ' ווב"

The other manuscript papers were all brief notes.
שאר כתבי היד היו כולם הערות קצרות

Some manuscripts described the queer dreams of different persons.
כמה כתבי יד תיארו את חלומותיהם המוזרים של אנשים שונים

Some manuscripts cited from theosophical books and magazines.
חלק מכתבי היד מצוטטים מספרים ומגזינים תיאוסופיים

Notably, most of these citations were from W. Scott-Eliott.
ראוי לציין שרוב הציטוטים הללו היו של וו סקוט-אליוט

Mainly the notes referenced Atlantis and the Lost Lemuria.
בעיקר ההערות התייחסו לאטלנטיס וללמוריה האבודה

The other notes commented on long-surviving secret societies.
הרשימות האחרות התייחסו לחברות סודיות ששרדו זה מכבר

Hidden cults that may or may not still exist somewhere.
כתות נסתרות שאולי עדיין קיימות איפשהו, ואולי לא

Two books seemed to provide most of the information;
שני ספרים נראו כמי שסיפקו את רוב המידע;

Miss Murray's Witch-Cult in Western Europe.
כת המכשפות של מיס מאריי במערב אירופה

This book thoroughly detailed Mythological sources.
ספר זה פירט לעומק את מקורות המיתולוגיה

And Frazer's Golden Bough provided anthropological sources.
וענף הזהב של פרייזר סיפק מקורות אנתרופולוגיים

***

The cuttings largely alluded to outré mental illnesses.
הגזירים רמזו בעיקר למחלות נפשיות חריגות

Outbreaks of group folly and mania in the spring of 1925.
התפרצויות של טיפשות ומאניה קבוצתית באביב 1925

The first half of the manuscript told a very peculiar tale.

המחצית הראשונה של כתב היד סיפרה סיפור מוזר מאוד

1925, the 1st of March, a thin dark young man came to my uncle.

1925,ה-1 במרץ, הגיע אל דודי גבר צעיר ורזה כהה

The manuscript describes his neurotic and excited aspect.

כתב היד מתאר את הצד הנוירוטי והנרגש שלו

And he bore with him the strange bas-relief.

והוא נשא עמו את תבליט הבסיס המוזר

At that time the bas-relief was exceedingly damp and fresh.

באותה תקופה התבליט היה לח ורענן ביותר

His card bore the name of Henry Anthony Wilcox.

הכרטיס שלו נשא את שמו של הנרי אנתוני וילקוקס

And my uncle had slightly recognized who he was.

ודודי זיהה במעט מי הוא

He was the youngest son of an excellent family.

הוא היה הבן הצעיר למשפחה מצוינת

Latterly he had been studying sculpture at Rhode Island.

לאחרונה הוא למד פיסול ברוד איילנד

He lived alone at the Fleur-de-Lys Building.

הוא גר לבדו בבניין פלר-דה-ליס

His residences were near the university.

מגוריו היו קרובים לאוניברסיטה

Wilcox was a precocious youth of known genius.

וילקוקס היה צעיר מפגר בעל גאונות ידועה

But he was also known for his great eccentricity.

אבל הוא היה ידוע גם באקסצנטריות הרבה שלו

From childhood he had excited the attention of others.

מילדותו הוא עורר את תשומת ליבם של אחרים

He told of strange stories no one had told him about.

הוא סיפר סיפורים מוזרים שאף אחד לא סיפר לו עליהם

And he was in the habit of relating strange dreams.

והוא נהג לספר חלומות מוזרים

He described himself as "psychically hypersensitive".

הוא תיאר את עצמו כ"רגיש יתר על המידה נפשית"

But those around him had other descriptions for him.

אבל לסובבים אותו היו תיאורים אחרים עבורו

They were staid folk of the ancient commercial city.

הם היו אנשים אדוקים של עיר המסחר העתיקה

And they dismissed him as merely strange and "queer".

והם ביטלו אותו כ"מוזר ו"קווירדי" בלבד

And so he never mingled much with his kind.

ולכן הוא מעולם לא התערבב הרבה עם בני מינו

And he had dropped gradually from social visibility.

והוא ירד בהדרגה מנראות חברתית

Now he is known only to a small group of esthetes.

כעת הוא מוכר רק לקבוצה קטנה של אסתטיקנים

And those who knew him came mostly from other towns.

ואלה שהכירו אותו הגיעו בעיקר מעיירות אחרות

Even the Providence art club had found him quite hopeless.

אפילו מועדון האמנות של פרובידנס מצא אותו חסר תקווה לחלוטין

Of course they were anxious to preserve their conservatism.

כמובן שהם היו להוטים לשמר את השמרנות שלהם

***

The professor's manuscript continued to describe the visit.

כתב היד של הפרופסור המשיך לתאר את הביקור

The sculptor abruptly asked for his host's archeological knowledge.

הפסל ביקש לפתע את ידיעותיו הארכיאולוגיות של מארחו

He wanted him to identify the hieroglyphics on the bas-relief.

הוא רצה שהוא יזהה את ההירוגליפים שעל תבליט הבסיס

He spoke in a dreamy and rather stilted manner.

הוא דיבר בצורה חלומית ודי מהוססת

His speech suggested pose and alienated sympathy.

דיבורו רמז על פוזה וריתק אמפתיה

And my uncle showed some sharpness in his reply.

ודודי גילה חדות מסוימת בתשובתו

Because the bas-relief was still conspicuously freshness.

כי התבליט עדיין היה רעננות בולטת

So there was no need for any kinship with archeology.

אז לא היה צורך בשום קשר עם הארכיאולוגיה

Young Wilcox's rejoinder was of a fantastically poetic cast.

תשובתו של וילקוקס הצעיר הייתה בעלת נגיעה פואטית להפליא

My uncle must have been impressed with the reply.

דודי בטח התרשם מהתשובה

And he recorded the reply of Wilcox verbatim.

והוא הקליט את תשובתו של וילקוקס מילה במילה

"The bas-relief is indeed still conspicuously fresh."

"התבליט אכן עדיין טרי באופן בולט"

"Because I made this bas-relief last night, after a dream."

"כי הכנתי את התבליט הזה אתמול בלילה, אחרי חלום"

"A dream of strange cities and stranger people."

"חלום על ערים זרות ואנשים זרים"

"And dreams are older than brooding Tyros."

"וחלומות עתיקים יותר מטירוס המהורהר"

"Dreams are older than the contemplative Sphinx."

"חלומות עתיקים יותר מהספינקס המהורהר"

"And dreams are older than the garden-girdled Babylon."

"וחלומות עתיקים יותר מבבל עטופה בגן"

This type of speech turned out to be characteristic of him.

סוג דיבור זה התגלה כאופייני לו

It was then that he began that rambling tale.

אז הוא התחיל את הסיפור המטורף הזה

The tale which suddenly played upon a sleeping memory.

הסיפור שפתאום התנגן על זיכרון ישן

The tale that won the fevered interest of my uncle.

הסיפור שזכה לתשומת ליבו הקדחתנית של דודי

***

There had been a slight earthquake tremor the night before.

בלילה הקודם הייתה רעידת אדמה קלה

The most considerable tremor New England had felt for
some years.

הרעידה המשמעותית ביותר שחשה ניו אינגלנד מזה מספר שנים

Wilcox's imagination had been keenly affected by the
earthquake.

דמיונו של וילקוקס הושפע קשות מרעידת האדמה

He had had an unprecedented dream of great Cyclopean
cities.

היה לו חלום חסר תקדים על ערים קיקלופיות גדולות

He dreamed of Titan blocks and sky-flung monoliths.

הוא חלם על בלוקים של טיטאן ומונוליתים המזדקפים לשמיים

All the architecture was dripping with green ooze.

כל האדריכלות הייתה נוטפת בוץ ירוק

And his dreams were sinister with latent horror.

וחלומותיו היו מרושעים, מרוב אימה סמויה

Hieroglyphics had covered the walls and pillars.

היירוגליפים כיסו את הקירות והעמודים

From somewhere underneath there came a sound.

מאיפשהו מתחת נשמע קול

The sound was of a voice, but it was not a voice.

הצליל היה של קול, אבל זה לא היה קול

A chaotic sensation which only fancy could transmute into sound.

תחושה כאוטית שרק דמיון יכול להפוך לצליל

He attempted to say the almost unpronounceable word.

הוא ניסה לומר את המילה שכמעט בלתי ניתנת להגייה

A jumble of unlikely letters; "Cthulhu fhtagn".

ערבוביה של אותיות לא צפויות; "קת'ולהו פתגן"

This verbal jumble was the key to my uncle's recollection.

ערבוביה מילולית זו הייתה המפתח לזכרונו של דודי

This strange sound excited and disturbed Professor Angell.

צליל מוזר זה הלהיב והטריד את פרופסור אנג'ל

He questioned the sculptor with scientific minuteness.

הוא שאל את הפסל בדייקנות מדעית

He studied the bas-relief with almost frantic intensity.

הוא בחן את התבליט בעוצמה כמעט קדחתנית

My uncle blamed his old age, Wilcox afterward said.

דודי האשים את זקנתו, אמר ווילקוקס לאחר מכן

In his younger days he would have recognized the hieroglyphics.

בימי נעוריו הוא היה מזהה את הכתב ההירוגליפים

The pictorial design wouldn't have puzzled his sharper mind.

העיצוב הציורי לא היה מבלבל את מוחו החד יותר

Many of his questions seemed highly out of place to his visitor.

רבות משאלותיו נראו לא במקום כלל עבור האורח שלו

He tried to connect him to strange mythological cults.

הוא ניסה לקשר אותו לכתות מיתולוגיות מוזרות

He tried to get him to admit affiliation to secret societies.

הוא ניסה לשכנע אותו להודות בהשתייכות לאגודות סודיות

My uncle even promised to keep his visitor's secret.

דודי אפילו הבטיח לשמור על סוד המבקר שלו

"Are you not part of a widespread mystical group?"
"האם אינך חלק מקבוצה מיסטית נרחבת"?

"Are you not a member of a paganly religious body?"
"האם אינך חבר בגוף דתי פגאני"?

Eventually he became convinced the sculptor wasn't a
member.

בסופו של דבר הוא השתכנע שהפסל אינו חבר

He was indeed ignorant of any cult or system of cryptic lore.
הוא אכן לא היה מודע לכל כת או מערכת של ידע מסתורי

He besieged his visitor with demands for future reports of
dreams.

הוא צר על מבקרתו בדרישות לדיווחים עתידיים על חלומות

This strange request bore regular and interesting fruit.
בקשה מוזרה זו נשאה פירות קבועים ומעניינים

***

After the first interview the manuscript records daily calls.
לאחר הראיון הראשון, כתב היד מתעד שיחות יומיות

He related startling fragments of nocturnal imagery.
הוא סיפר קטעים מדהימים של דימויים ליליים

There were always the same themes in his dreams.
תמיד היו אותם נושאים בחלומותיו

A terrible Cyclopean vista of dark and dripping stone.
נוף קיקלופאי נורא של אבן כהה ונוטפת

A subterranean voice or intelligence shouting
monotonously.

קול או אינטליגנציה תת-קרקעית צועקת באופן מונוטוני

Two sounds seemed to repeat themselves in his dreams.
שני צלילים נראו חוזרים על עצמם בחלומותיו

But these sounds were as enigmatic as the other sounds.
אבל הצלילים האלה היו אניגמטיים כמו הצלילים האחרים

The sounds can only be rendered by the letters "Cthulhu"
and "R'lyeh".

ניתן לבטא את הצלילים רק באמצעות האותיות "קת'ולהו" ו-" ר'ליה"

On March 23rd, the manuscript continued, Wilcox failed to
come.

ב-23 במרץ, כשהכתב יד נמשך, ווילקוקס לא הגיע

My uncle made inquiries at the quarters of his whereabouts.

דודי ערך בירורים ברבעי מקום הימצאו

That night he had been stricken with an obscure sort of fever.

באותו לילה הוא לקה בסוג לא מוכר של חום

And he was taken to the home of his family in Waterman Street.

והוא נלקח לבית משפחתו ברחוב ווטרמן

That night he had cried out in one of his dreams.

באותו לילה הוא צעק באחד מחלומותיו

His cries aroused several other artists in the building.

בכיותיו עוררו כמה אמנים אחרים בבניין

And he was between alternations of unconsciousness and delirium.

והוא היה בין לסירוגין של חוסר הכרה ודליריום

My uncle at once telephoned the family of Wilcox.

דודי התקשר מיד למשפחתו של וילקוקס

And from that time forward he kept close watch of the case.

ומאותו רגע ואילך הוא עקב מקרוב אחר המקרה

He called often at the Thayer Street office of Dr. Tobey.

הוא ביקר לעתים קרובות במשרדו של ד"ר טובי ברחוב ת'אייר

Dr. Tobey was in charge of the patient's condition.

ד"ר טובי היה אחראי על מצבו של המטופל

The youth's febrile mind was dwelling on strange things.

מוחו הקודח של הצעיר התעסק בדברים מוזרים

The doctor shuddered now and then as he spoke of the dreams.

הרופא רעד מדי פעם כשדיבר על החלומות

The dreams repeated a lot of the earlier themes.

החלומות חזרו על רבים מהנושאים הקודמים

But now his dreams made mention of something new.

אבל עכשיו חלומותיו הזכירו משהו חדש

A gigantic thing "a miles high" which walked, or lumbered about.

דבר ענק "בגובה של מיילים" אשר הלך, או התהלך בכבדות

He at no time fully described this object in any detail.

הוא מעולם לא תיאר את החפץ הזה במלואו ובפירוט כלשהו

But Dr. Tobey relayed the frantic words of his patient.

אבל ד"ר טובי העביר את דבריו הנסערים של מטופלו

And the professor became increasingly certain of what it was.

והפרופסור נעשה בטוח יותר ויותר במה זה היה

The nameless monstrosity he had sought to depict in his sculpture.

המפלצת חסרת השם שביקש לתאר בפסליו

The doctor had mentioned the bas-relief he had made.

הרופא הזכיר את תבליט הבסיס שהוא יצר

This mention preludes the young man's subsidence into lethargy.

אזכור זה מבשר את שקיעתו של הצעיר אל תוך נמנום

His temperature, oddly enough, was not greatly above normal.

הטמפרטורה שלו, למרבה הפלא, לא הייתה גבוהה בהרבה מהרגיל

But his general condition suggested he was in a fever.

אבל מצבו הכללי הצביע על חום

A fever, as opposed to being in the grasp of a mental disorder.

חום, בניגוד להיות נתון באחיזתה של הפרעה נפשית

***

On April 2nd at about 3 p.m. the fever came to an end.

ב-2 באפריל, בסביבות השעה 15:00, החום שכך

Every trace of Wilcox's malady suddenly ceased.

כל זכר למחלתו של וילקוקס נעלם לפתע

He sat upright in bed as if waking up from regular sleep.

הוא ישב זקוף במיטה כאילו התעורר משינה רגילה

He was astonished to find himself at his parents' home.

הוא נדהם למצוא את עצמו בבית הוריו

And he was completely ignorant of what had happened.

והוא היה בור לחלוטין ממה שקרה

Neither dream nor reality had made an impression on his mind.

לא חלום ולא מציאות לא הותירו רושם על לבו

Dr. Tobey pronounced him fit to be dismissed from his care.

ד"ר טובי קבע כי הוא כשיר להפטר מטיפולו

And he returned to his quarters three days later.

והוא חזר למגוריו שלושה ימים לאחר מכן

But to Professor Angell he was of no further assistance.
אבל לפרופסור אנג'ל הוא לא היה לעזר נוסף

All traces of strange dreaming had vanished with his recovery.
כל עקבות של חלימה מוזרה נעלמו עם החלמתו

For a week he recounted irrelevant and thoroughly usual visions.
במשך שבוע הוא סיפר חזיונות לא רלוונטיים ושגרתיים לחלוטין

And my uncle kept no further record of his night-thoughts.
ודודי לא תיעד עוד את מחשבותיו בלילה

At this point the first part of the manuscript ended.
בנקודה זו הסתיים החלק הראשון של כתב היד

But my research was still anything but concluded.
אבל המחקר שלי עדיין היה רחוק מלהיות סופי

References to scattered notes helped piece things together.
אזכורים לרשימות פזורות עזרו לחבר את הדברים יחד

And there was more than enough material for thought.
והיה שם די והותר חומר למחשבה

My distrust of the artist had still not subsided.
חוסר האמון שלי באמן עדיין לא שכך

But this was largely a result of my ingrained skepticism.
אבל זה היה במידה רבה תוצאה של הספקנות המושרשת שלי

The notes described the dreams of various persons.
הרשימות תיארו את חלומותיהם של אנשים שונים

These dreams all occurred while young Wilcox was in his fever.
כל החלומות הללו התרחשו בזמן שווילקוקס הצעיר סבל מחום

My uncle, it seems, wasted no time in collecting the data.
נראה שדודי לא בזבז זמן באיסוף הנתונים

He had quickly instituted a prodigiously far-flung body of inquiries.
הוא יזם במהירות גוף חקירות נרחב להפליא

Any friend that didn't show impertinence he questioned.
כל חבר שלא גילה חוצפה הוא הטיל ספק בו

He requested from them nightly reports of their dreams.
הוא ביקש מהם דיווחים ליליים על חלומותיהם

And he asked if they had had any notable visions of late.
והוא שאל אם היו להם חזיונות ראויים לציון לאחרונה

The reception of his request seems to have been varied.

נראה כי הקבלה לבקשתו הייתה מגוונת

But there was certainly no shortage in replies.

אבל בהחלט לא היה מחסור בתשובות

No ordinary man could have handled the replies alone.

אף אדם רגיל לא היה יכול להתמודד עם התשובות לבדו

The original correspondences were not preserved.

ההתכתבויות המקוריות לא נשמרו

But his notes formed a thorough and significant digest.

אבל רשימותיו יצרו סיכום יסודי ומשמעותי

***

Initially he had approached average people in society.

בתחילה הוא פנה לאנשים ממוצעים בחברה

New England's traditional "salt of the earth".

"מלח הארץ" המסורתי של ניו אינגלנד

But this group gave an almost completely negative result.

אבל קבוצה זו נתנה תוצאה שלילית כמעט לחלוטין

Though there were some exceptions to this group too.

למרות שהיו גם כמה יוצאים מן הכלל בקבוצה זו

Scattered cases of uneasy but formless nocturnal
impressions.

מקרים פזורים של רשמים ליליים לא נוחים אך חסרי צורה

Their reports were always between March 23rd and April
2nd.

הדוחות שלהם היו תמיד בין ה-23 במרץ ל-2 באפריל

This aligned with the same period of young Wilcox's
delirium.

זה התאים לאותה תקופה של דליריום של וילקוקס הצעיר

Men of science had been only a little more affected.

אנשי מדע הושפעו רק במעט יותר

Though four cases of vague description were of interest.

למרות שארבעה מקרים עם תיאור מעורפל היו מעניינים

They had had fugitive glimpses of strange landscapes.

הם זכו להצצות נמלטות אל נופים מוזרים

And in one case a dread of something abnormal was
mentioned.

ובמקרה אחד הוזכרה פחד ממשהו חריג

It was from the artists and poets that the pertinent answers came.

דווקא מהאמנים והמשוררים הגיעו התשובות הרלוונטיות

It is a blessing no one had been able to compare notes.

זה ברכה שאף אחד לא הצליח להשוות רשימות

Panic would have broken loose had they shared their visions.

פאניקה הייתה פורצת אילו היו משתפים את חזונותיהם

This, however, did not dispel my ingrained skepticism.

עם זאת, זה לא הפיג את הספקנות המושרשת בי

Others might have come to mythical conclusions much quicker.

אחרים היו עשויים להגיע למסקנות מיתולוגיות מהר הרבה יותר

But the original letters were lacking from the notes.

אבל האותיות המקוריות חסרו בפתקים

I half suspected the compiler of having asked leading questions.

כמעט חשדתי שהמהדר שאל שאלות מנחות

Or perhaps the correspondences weren't entirely original.

או שאולי ההתכתבויות לא היו מקוריות לחלוטין

Perhaps my uncle had resolved to confirm Wilcox's dreams.

אולי דודי החליט לאשר את חלומותיו של וילקוקס

That is why I continued to feel suspicious of the sculptor.

זו הסיבה שהמשכתי לחשוד בפסל

Perhaps he was still cognizant of my uncle's old data.

אולי הוא עדיין היה מודע לנתונים הישנים של דודי

Perhaps he had been imposing on the veteran scientist.

אולי הוא כפה על המדען הוותיק

Nonetheless, the corroborating data had to be investigated.

אף על פי כן, היה צורך לחקור את הנתונים התומכים בכך

***

The responses from the esthetes told a disturbing tale.

התגובות של האסתטיקנים סיפרו סיפור מטריד

From February 28th to April 2nd their dreams aligned.

מה-28 בפברואר עד ה-2 באפריל חלומותיהם התיישרו

And a large proportion of them had dreamed very bizarre things.

וחלק גדול מהם חלם דברים מוזרים מאוד

The timing of the intensity of their dreams was also of interest.

גם עיתוי עוצמת חלומותיהם היה מעניין

The period of the sculptor's delirium marked a highpoint.

תקופת ההזייה של הפסל סימנה נקודת שיא

The intensity of their dreams were immeasurably the stronger.

עוצמת חלומותיהם הייתה חזקה יותר לאין שיעור

Over a quarter reported unfamiliar and unpronounceable sounds.

יותר מרבע דיווחו על צלילים לא מוכרים ובלתי ניתנים להגייה

Noises not dissimilar to what Wilcox had also described.

רעשים לא שונים ממה שתיאר גם וילקוקס

Some described highly elaborate and impossible architecture.

חלקם תיארו אדריכלות מורכבת ובלתי אפשרית ביותר

And some of the dreamers confessed to an acute fear.

וחלק מהחולמים הודו על פחד חריף

Like Wilcox, they had seen some gigantic nameless thing.

כמו וילקוקס, הם ראו איזה דבר ענק חסר שם

One case, which the note describes with emphasis, was very sad.

מקרה אחד, אותו מתאר הפתק בהדגשה, היה עצוב מאוד

The subject was a widely known architect of the region.

הנושא היה אדריכל ידוע באזור

He too had leanings toward theosophy and occultism.

גם לו היו נטיות לכיוון תאוסופיה ותורת הנסתר

This man went violently insane on March the 22nd.

האיש הזה השתגע בצורה אלימה ב-22 במרץ

The exact same date of young Wilcox's seizure.

אותו תאריך בדיוק של התפיסה של וילקוקס הצעיר

He expired several months later, after incessant screaming.

הוא נפטר מספר חודשים לאחר מכן, לאחר צעקות בלתי פוסקות

He begged to be saved from some escaped denizen of hell.

הוא התחנן להינצל מאיזשהו שושבין גיהנום שנמלט

Regrettably, my uncle did not refer to these cases by name.

למרבה הצער, דודי לא התייחס למקרים אלה בשמם

Instead, all studies were given nothing more than a number.

במקום זאת, כל המחקרים קיבלו לא יותר ממספר

This way I was limited in attempting any personal investigation.

בדרך זו הוגבלתי בניסיון כל חקירה אישית

And corroborating the evidence further was demanding.

ואישוש נוסף של הראיות היה תובעני

But finally I did succeed in tracing down some cases.

אבל לבסוף הצלחתי לאתר כמה מקרים

I should have trusted the notes from my uncle.

הייתי צריך לסמוך על הרשימות של דודי

They reported their dreams true to their reports.

הם דיווחו על חלומותיהם כאותם לדיווחים שלהם

I have often wondered what they thought the questioning meant.

לעתים קרובות תהיתי מה הם חשבו שהשאלה התכוונה

It is for the best that no explanation shall ever reach them.

לטובה ששום הסבר לעולם לא יגיע אליהם

***

As I have mentioned, my uncle also collected press clippings.

כפי שציינתי, דודי גם אסף גזרי עיתונות

These press clippings corresponded to the dates in question.

גזירי עיתונות אלה תאמו לתאריכים המדוברים

The sources were scattered throughout the globe.

המקורות היו מפוזרים ברחבי העולם

Professor Angell must have employed a cutting bureau.

פרופסור אנג'ל בוודאי העסיק משרד חיתוך

Because the number of extracts was tremendous.

מכיוון שמספר התמציות היה עצום

There was a parallel to this part of his research.

הייתה הקבלה לחלק זה של מחקרו

Cases of panic, mania, and eccentricity.

מקרים של פאניקה, מאניה ואקסצנטריות

One case was a nocturnal suicide in London.

מקרה אחד היה התאבדות לילית בלונדון

A lone sleeper had leaped from a window after a shocking cry.

ישן בודד קפץ מחלון לאחר צעקה מזעזעת

A rambling letter to the editor of a paper in South America.
מכתב ארוך ומקיף לעורך של עיתון בדרום אמריקה

A fanatic deduces a dire future from visions he had had.
פנאטי מסיק עתיד אפל מחזונות שהיו לו

A dispatch from California describes a theosophist colony.
הודעה מקליפורניה מתארת מושבה של תיאוסופים

They donned white robes en masse for some "glorious
fulfilment".
הם לבשו גלימות לבנות בהמוניהם למען "סיפוק מפואר"

Although that "glorious fulfilment" never arose.
למרות שאותה "הגשמה מפוארת" מעולם לא התרחשה

There seems to be serious unrest from the natives in India.
נראה שיש אי שקט רציני מצד הילידים בהודו

Voodoo orgies multiplied in Haiti.
אורגיות וודו התרבו בהאיטי

African outposts report ominous mutterings.
מוצבים אפריקאים מדווחים על מלמולים מבשרי רעות

American officers in the Philippines find certain tribes
bothersome.
קצינים אמריקאים בפיליפינים מוצאים שבטים מסוימים מטרידים

New York policemen are mobbed by hysterical Levantines.
שוטרים בניו יורק מותקפים על ידי לבנטינים היסטריים

This occurred exactly on the night of March 22-23.
זה קרה בדיוק בלילה שבין ה-22 ל-23 במרץ

The west of Ireland, too, was full of wild rumor and
legendry.
גם מערב אירלנד היה מלא שמועות ואגדות פרועות

A fantastic painter named Ardois-Bonnot made the news in
France.
צייר פנטסטי בשם ארדואה-בונו עלה לכותרות בצרפת

He hung a blasphemous dream landscape in the Paris spring
salon.
הוא תלה נוף חלומי של חילול הקודש בסלון האביב של פריז

The recorded troubles in insane asylums were
immeasurable.
הצרות שתועדו בבתי חולים לחולי נפש היו בלתי ניתנות להערכה

A miracle must have kept the medical fraternities
unsuspecting.

נס בוודאי שמר על האחוות הרפואיות אדישות

But they never noted the strange parallelisms of the cases.

אבל הם מעולם לא ציינו את הדמיון המוזר בין המקרים

Else they too would have come to mystified conclusions.

אחרת גם הם היו מגיעים למסקנות מבולבלות

I must confess these were indeed a set of weird paper cuttings.

אני חייב להודות שאלה אכן היו גזרי נייר מוזרים

My uncle had put forward a convincing argument.

דודי הציג טיעון משכנע

I can't explain how I set the evidence aside.

אני לא יכול להסביר איך הנחתי בצד את הראיות

But my callous rationalism took the upper hand.

אבל הרציונליזם האכזרי שלי תפס את העליונה

And I was still suspicious of the young sculptor, Wilcox.

ועדיין חשדתי בפסל הצעיר, וילקוקס

He must have known of the older matters mentioned by the professor.

הוא בוודאי ידע על העניינים הישנים יותר שהוזכרו על ידי הפרופסור

The Tale of Inspecter Legrasse
סיפורו של המפקח לגראסה

Let me turn your attention away from the young sculptor.
הרשה לי להסיט את תשומת לבך מהפסל הצעיר

And let us focus on the second half of the manuscript.
ובואו נתמקד במחצית השנייה של כתב היד

A few dreams alone would not have been so significant.
כמה חלומות לבדם לא היו משמעותיים כל כך

The bas-relief could have been dismissed as a hoax.
ניתן היה לפטור את התבליט כמתיחה

But my uncle had previously been primed to take interest.
אבל דודי כבר היה מוכן לגלות עניין קודם לכן

Wilcox's dream seemed to have a link to past events.
חלומו של וילקוקס נראה כקשור לאירועים מהעבר

It wasn't the first time that he had heard that word.
זו לא הייתה הפעם הראשונה שהוא שמע את המילה הזו

The ominous syllables perhaps written as "Cthulhu".
ההברות המאיימות אולי נכתבות כ"קתולהו"

He had seen and heard of similar descriptions before.
הוא ראה ושמע על תיאורים דומים בעבר

The hellish outlines of the nameless monstrosity.
קווי המתאר הגיהנומיים של המפלצת חסרת השם

He had previously puzzled over the same hieroglyphics.
הוא התלבט בעבר לגבי אותם הירוגליפים

All this produced a horrible connection of events.
כל זה יצר קשר נורא של אירועים

It is no wonder he pursued young Wilcox with queries.
אין פלא שהוא רדף אחרי וילקוקס הצעיר בשאלות

And we must not be surprised he interrogated Wilcox so.
ואסור לנו להיות מופתעים שהוא חקר את וילקוקס כך

This earlier experience had come in the year of 1908.
חוויה מוקדמת זו התרחשה בשנת 1908

Seventeen years before Wilcox came to my great-uncle.
שבע עשרה שנים לפני שווילקוקס הגיע לדודי רבא

The archeological society were meeting in St. Louis.
האגודה הארכיאולוגית נפגשה בסנט לואיס

Professor Angell had a prominent part in the deliberations.
לפרופסור אנג'ל היה חלק בולט בדיונים

His responsibilities befitted one of his authority.

אחריותו הולמת את אחת מסמכותו

He was one of the first to be approached by several outsiders.

הוא היה אחד הראשונים שפנו אליהם כמה גורמים חיצוניים

They took advantage of the convocation to offer questions.

הם ניצלו את האירוע כדי להציע שאלות

They hoped for correct answering from an expert.

הם קיוו לתשובה נכונה ממומחה

They each had very peculiar types of problems.

לכל אחד מהם היו בעיות מסוגים ייחודיים מאוד

And they required very different types of solutions.

והם דרשו סוגים שונים מאוד של פתרונות

The chief of these was a common-looking middle-aged man.

הראשי שבהם היה גבר בגיל העמידה בעל מראה פשוט

And he quickly became the meeting's focus of interest.

והוא הפך במהרה למוקד תשומת הלב של הפגישה

***

He had traveled to St. Louis all the way from New Orleans.

הוא נסע לסנט לואיס כל הדרך מניו אורליינס

He had come to the meeting for special information.

הוא הגיע לפגישה לקבלת מידע מיוחד

Knowledge that could not be unobtained from local source.

ידע שלא ניתן היה לשלול ממנו ממקור מקומי

His name was John Raymond Legrasse, police inspector.

שמו היה ג'ון ריימונד לגראס, מפקח משטרה

He bore with him the mysterious subject of his inquiries.

הוא נשא עמו את נושא חקירותיו המסתורי

A grotesque and apparently very ancient stone statuette.

פסלון אבן גרוטסקי וכנראה עתיק מאוד

A statuette whose origin no one had been able to determine.

פסלון שאיש לא הצליח לקבוע את מקורו

But don't assume Inspector Legrasse was an archeologist.

אבל אל תניח שהמפקח לגראס היה ארכיאולוג

He had very little interest in archeology, nor mythology.

היה לו עניין מועט מאוד בארכיאולוגיה, וגם לא במיתולוגיה

His wish for enlightenment had rather different motivations.

למשאלתו להארה היו מניעים שונים למדי

He was prompted to come by purely professional considerations.

הוא נאלץ לבוא משיקולים מקצועיים בלבד

The statuette had been captured as part of a police raid.

הפסלון נתפס במסגרת פשיטה משטרתית

Although whether it was even a statuette wasn't determined.

למרות שלא נקבע אם זה בכלל היה פסלון

It could also have been an idol, magic fetish, or charm.

זה יכול היה להיות גם אליל, פטיש קסום או קסם

Whatever it was, it had been captured some months previously.

מה שזה לא יהיה, זה נתפס כמה חודשים קודם לכן

A meeting was being held in the wooded swamps of New Orleans.

פגישה נערכה בביצות המיוערות של ניו אורלינס

The police had been tipped of about a supposed voodoo meeting.

המשטרה קיבלה דיווחים על פגישת וודו לכאורה

Strange and hideous rites connected with the voodoo circle.

טקסים מוזרים ומחרידים הקשורים למעגל הוודו

The police could not but realize what they had stumbled on.

המשטרה לא יכלה שלא להבין על מה נתקלה

A dark cult previously totally unknown to the authorities.

כת אפלה שלא הייתה מוכרת כלל לרשויות בעבר

Infinitely more sinister than what an outsider could expect.

הרבה יותר מרושע ממה שאדם מבחוץ יכול היה לצפות

More diabolic than the blackest of the African voodoo circles.

יותר שטני מהמשחורים ביותר במעגלי הוודו האפריקאים

Unbelievable tales were extorted from the captured cult members.

סיפורים שלא ייאמנו נסחטו מחברי הכת שנלכדו

But nothing of the relic's origin could be discovered.

אך לא ניתן היה לגלות דבר על מקורו של השריד

Hence the anxiety of the police for any antiquarian lore.

מכאן חרדת המשטרה מכל ידע עתיקות

Ancient mythology might explain the frightful symbol.
מיתולוגיה עתיקה עשויה להסביר את הסמל המפחיד
Deeper knowledge could perhaps track the fountain-head.
ידע מעמיק יותר אולי יוכל לעקוב אחר מקור הבעיה
Inspector Legrasse was not prepared for the excitement he created.
המפקח לגראס לא היה מוכן להתרגשות שהוא יצר
One sight of the mysterious object was all that was required.
מבט אחד על החפץ המסתורי היה כל מה שנדרש
The assembled men of science were filled with curiosity.
אנשי המדע שהתאספו היו מלאים סקרנות
They lost no time in crowding closely around the inspector.
הם לא בזבזו זמן והצטופפו בצפיפות סביב המפקח
And they all tried to get the best look at the diminutive figure.
וכולם ניסו להעיף את המבט הטוב ביותר על הדמות הזעירה

***

The genuinely abysmal antiquity inspired wild imagination.
העת העתיקה התהומית באמת עוררה דמיון פרוע
The strangeness hinted so potently at unopened and archaic vistas.
המוזרות רמזה בצורה כה עוצמתית על נופים פתוחים וארכאיים
No recognized school of sculpture had animated this terrible object.
אף אסכולה מוכרת של פיסול לא הניפה את החפץ הנורא הזה
Yet centuries seemed recorded in the dim and greenish surface.
אך מאות שנים נראו רשומות על פני השטח העמומים והירקרקים
Perhaps thousands of years were hidden in this unplaceable stone.
אולי אלפי שנים הוסתרו באבן הזו שלא ניתן למקמה
The figurine was finally passed slowly from man to man.
לבסוף, הפסלון הועבר באיטיות מאדם לאדם
Each scientist carefully studied the strange markings of the stone.
כל מדען בחן בקפידה את הסימנים המוזרים של האבן
The work was between seven and eight inches in height.

העבודה הייתה בגובה של בין שבעה לשמונה סנטימטרים

And the exquisite artistic workmanship must be noted.

ויש לציין את הביצוע האמנותי המעודן

The carvings represented a monster of vaguely anthropoid outline.

הגילופים ייצגו מפלצת בעלת קווי מתאר מעורפלים של אדם

On the face of the octopus-esque head was a mass of feelers.

על פני ראשו דמוי התמנון הייתה מסתור של מישושים

Prodigious claws on hind and fore feet protruded from the body.

טפרים אדירים על הרגליים האחוריות והקדמיות בלטו מהגוף

The bloated corpulence had a rubbery looking quality to it.

לגוף הנפוח הייתה מראה גומי

And from behind the rubbery body came out two narrow wings.

ומאחורי הגוף הגומי יצאו שתי כנפיים צרות

It would be instinctual to think of this thing as fearsome.

זה יהיה אינסטינקטיבי לחשוב על הדבר הזה כמפחיד

There was an unnatural malignancy to the aura of the creature.

הייתה מחלה ממאירה לא טבעית בהילה של היצור

The gargantuan squatted evilly on a rectangular block.

הענקוון התכופף ברשעות על גוש מלבני

The pedestal it was on was covered with undecipherable characters.

הכן עליו הוא עמד היה מכוסה באותיות בלתי ניתנות לפענוח

The tips of the wings touched the back edge of the block.

קצות הכנפיים נגעו בקצה האחורי של הבלוק

The creature was sitting on the middle of the giant block.

היצור ישב באמצע הבלוק הענק

Its legs were doubled up under its monstrous body.

רגליו היו מקופלות מתחת לגופו המפלצתי

The long, curved claws gripped the front edge of the cliff.

הטפרים הארוכות והמעוקלות אחזו בקצה הקדמי של הצוק

The cephalopod head was bent forward, observing its kingdom.

ראש הצפלופוד היה כפוף קדימה, צופה בממלכתו

The ends of the facial feelers brushed the backs of huge forepaws.

קצות מחשי הפנים נגעו בגבם של כפות רגליים קדמיות ענקיות
And the forepaws clasped the croucher's elevated knees.
והכפות הקדמיות אחזו בברכיו המורמות של הכורע
The appearance of the grotesque scene was abnormally lifelike.
מראה הסצנה הגרוטסקית היה מציאותי באופן חריג
But this lifelike quality only added a subtle reason to be more fearful.
אבל האיכות החיונית הזו רק הוסיפה סיבה עדינה לפחד רב יותר
Because we knew nothing about the source of the depiction.
כי לא ידענו דבר על מקור התיאור
The creature's vast, awesome, and incalculable age was unmistakable.
גילו העצום, המרשים והבלתי ניתן לחישוב של היצור היה חד משמעי
But not one link did the depiction show with any known type of art.
אבל לא הראה שום קשר בין התיאור לשום סוג ידוע של אמנות
Not even the earliest civilizations made reference to this creature.
אפילו הציוויליזציות המוקדמות ביותר לא התייחסו ליצור הזה
But that is not the only point at which our knowledge failed us.
אבל זו לא הנקודה היחידה שבה הידע שלנו איכזב אותנו

***

The mineralogy of the stone was also a complete mystery.
גם המינרלוגיה של האבן הייתה בגדר תעלומה מוחלטת
Gold specks dotted the soapy, greenish-black stone.
כתמי זהב ניקדו את האבן הסבונית, השחורה-ירקרקה
Iridescent striations ran along the length of the stone.
פסים ססגוניים נמתחו לאורך האבן
In short, the stone resembled nothing within mineralogy.
בקיצור, האבן לא דמתה לשום דבר במינרלוגיה
Geologists hadn't been able to identify the stone either.
גם גיאולוגים לא הצליחו לזהות את האבן
The hieroglyphs along the stone were equally baffling.
ההירוגליפים לאורך האבן היו מבלבלים באותה מידה
The writing system was horribly different than other scripts.

שיטת הכתיבה הייתה שונה להחריד מכתבים אחרים

A representation of half the world's leading experts was present.

נציגות של מחצית מהמומחים המובילים בעולם נכחה

But no link to any known writing system could be established.

אך לא ניתן היה ליצור קשר לשום מערכת כתיבה ידועה

Everything frightfully suggested an old and unhallowed cycle of life.

הכל רמז באופן מפחיד על מעגל חיים ישן ולא קדוש

A history in which our world and our conceptions played no part.

היסטוריה שבה עולמנו ותפיסותינו לא מילאו תפקיד

The experts shook their heads, admitting they had been defeated.

המומחים הנידו בראשם, והודו כי הובסו

But one expert did not give up quite so quickly.

אבל מומחה אחד לא ויתר כל כך מהר

He claimed to have a touch of bizarre familiarity with the subject.

הוא טען שיש לו נגיעה של היכרות מוזרה עם הנושא

The monstrous shape and writing weren't entirely new to him.

הצורה והכתיבה המפלצתיים לא היו חדשים לו לחלוטין

With some diffidence he told of the odd trifle he knew.

בביישנות מסוימת הוא סיפר על הדבר הזוי המוזר שידע

This person was the late William Channing Webb.

אדם זה היה ויליאם צ'אנינג ווב המנוח

He was professor of anthropology in Princeton University.

הוא היה פרופסור לאנתרופולוגיה באוניברסיטת פרינסטון

And he was an explorer of no small significance.

והוא היה חוקר בעל חשיבות לא קטנה

***

Forty-eight years ago he was exploring Greenland and Iceland.

לפני ארבעים ושמונה שנים הוא חקר את גרינלנד ואיסלנד

His group were in search of some Runic inscriptions.

קבוצתו חיפשה כמה כתובות רוניות

But the expedition failed to unearth any inscriptions.
אך המשלחת לא הצליחה לחשוף כתובות כלשהן

They trekked the heights of West Greenland's coasts.
הם טיילו בפסגות חופי מערב גרינלנד

Here they encountered a strange cult of degenerate Eskimos.
כאן הם נתקלו בכת מוזרה של אסקימוסים מנוונים

Their religion consisted of a form of devil-worship.
דתם כללה סוג של פולחן שטן

And their rituals were deliberately bloodthirsty and
repulsive.
והטקסים שלהם היו צמאי דם ודוחים במכוון

It was a faith of which other Eskimos knew little.
זו הייתה אמונה שאסקימוסים אחרים ידעו עליה מעט

Locals shuddered at the mention of their practices.
המקומיים רעדו למשמע אזכור מנהגיהם

They said their believes came from horribly ancient eons.
הם אמרו שאמונותיהם מגיעות מעידנים קדומים להחריד

A time before the world as we know it now had ever been
made.
תקופה לפני שהעולם כפי שאנו מכירים אותו כיום נברא אי פעם

There were human sacrifices and queer hereditary rituals.
היו קורבנות אדם וטקסים תורשתיים מוזרים

And all their worship was directed at a supreme tornasuk.
וכל פולחנם כוון אל טורנסוק עליון

Professor Webb had taken a phonetic copy from an aged
angekok.
פרופסור ווב לקח עותק פונטי מאנגקוק זקן

He had transcribed the wizard-priest's chants as best he
could.
הוא תעתיק את שירי הכומר-קוסם כמיטב יכולתו

But currently these transcriptions weren't of prime
significance.
אבל כרגע, התעתיקים האלה לא היו בעלי חשיבות עליונה

The cult had a cherished stone that they worshipped.
לכת הייתה אבן יקרה אותה סגדו

They danced wildly when the aurora leaped over the ice
cliffs.
הם רקדו בפראות כאשר הקוטב הצפוני קפץ מעל צוקי הקרח

And in the midst of their dance was the strange stone.
ובתוך ריקודם הייתה האבן המוזרה

It was, the professor stated, a very crude bas-relief of stone.
זה היה, הצהיר הפרופסור, תבליט אבן גס מאוד

The stone comprised a hideous picture and some cryptic writing.
האבן הכילה תמונה מחרידה וכתיבה מסתורית

And as far as he could tell this stone was a rough parallel.
וככל שיכול היה לראות, האבן הזו הייתה מקבילה גסה

The stone had all the same essential features of bestial things.
לאבן היו את כל אותם המאפיינים החיוניים של דברים בהמיים

The scientists received this data with suspense and astonishment.
המדענים קיבלו את הנתונים הללו במתח ובתדהמה

Even Inspector Legrasse had quickly gained an interest in mythology.
אפילו המפקח לגראס גילה עניין במהירות במיתולוגיה

And he began at once to ply his informant with questions.
והוא החל מיד להטריד את המודיע שלו בשאלות

He had notes of the oral ritual of the cult-worshipers in the swamp.
היו לו רישומים על הטקס בעל פה של עובדי הכתות בביצה

He besought the professor to remember the diabolist Eskimos' chants.
הוא התחנן בפני הפרופסור לזכור את שירי האסקימוסים השטניים

There then followed an exhaustive comparison of details.
לאחר מכן נערכה השוואה ממצה של פרטים

And there then followed a moment of really awed silence.
ואז בא רגע של דממה מעוררת יראת כבוד באמת

The Eskimo wizards and the Louisiana swamp-priests were worlds apart.
הקוסמים האסקימוסים וכוהני הביצות של לואיזיאנה היו עולמות שונים זה מזה

And yet there was a phrase the two hellish rituals had in common.
ובכל זאת היה ביטוי שהיה משותף לשני הטקסים הגיהנומיים

"Ph'nglui mglw'nafh Cthulhu R'lyeh wgah'nagl fhtagn."
"פ'נגלוי מגלו'נאף קת'ולהו ר'ליה ווגה'נאגל פתגן

***

Legrasse had one advantage over Professor Webb.
ללגראס היה יתרון אחד על פני פרופסור ווב

He had spoken to several of his mongrel prisoners.
הוא דיבר עם כמה מאסיריו המעורבים

Some of them had passed on the phrase's meaning.
חלקם העבירו את משמעות הביטוי

"In his house at R'lyeh dead Cthulhu waits dreaming."
בביתו בר'ליה , קת'ולהו המת מחכה וחולם

So the attention turned back to Inspector Legrasse.
אז תשומת הלב הופנתה חזרה אל המפקח לגראס

And he was probed with many disconnected questions.
והוא נשאל בשאלות רבות שאינן קשורות זו לזו

He detailed his experience with the worshipers from the swamp.
הוא פירט את חווייתו עם המתפללים מהביצה

My uncle attached profound significance to the story.
דודי ייחס חשיבות עמוקה לסיפור

The report savored of the wildest dreams of myth-makers.
הדו"ח טען מהחלומות הפרועים ביותר של יוצרי מיתוסים

Theosophists could not have provided more imagination.
תיאוסופים לא יכלו לספק יותר דמיון

But the philosophies came from unexpected sources.
אבל הפילוסופיות הגיעו ממקורות בלתי צפויים

Half-castes and pariahs told these fantastical stories.
בני חצאי קאסטות ומנודים סיפרו את הסיפורים הפנטסטיים האלה

On November 1st, 1907, his chain of events unfolded.
ב-1 בנובמבר 1907, התרחשה שרשרת האירועים שלו

The New Orleans police received desperate calls.
משטרת ניו אורלינס קיבלה שיחות נואשות

They were called to the swamp and lagoon country to the south.
הם נקראו לארץ הביצות והלגונות מדרום

The settlers there were mostly primitive, but good-natured.
המתיישבים שם היו ברובם פרימיטיביים, אך בעלי מזג טוב

Most living by the swamp were descendants of Lafitte's men.

רוב האנשים שחיו ליד הביצה היו צאצאי אנשיו של לפיט

But now they were in the grip of stark terror.

אבל עכשיו הם היו נתונים לאיבוד אימה עזת

An unknown thing had stolen upon them in the night.

דבר לא ידוע גנב אליהם בלילה

It was voodoo, apparently, that caused the disturbance.

כנראה שוודו הוא שגרם להפרעה

But it was a voodoo unlike the other forms of voodoo.

אבל זה היה וודו בניגוד לצורות אחרות של וודו

Voodoo of a more terrible sort than they had ever known.

וודו מסוג נורא יותר משידעו אי פעם

Some of their women and children had disappeared.

חלק מנשותיהם וילדיהם נעלמו

A malevolent drumming had begun its incessant beating.

תיפוף זדוני החל את מכותיו הבלתי פוסקות

Far and deep within those dark, black haunted woods.

רחוק ועמוק בתוך אותם יערות אפלים, שחורים, רדופי רוחות

There, where no dweller dared to ventured close to.

שם, במקום שאף דייר לא העז להתקרב אליו

There were insane shouts and harrowing screams.

נשמעו צעקות מטורפות וצרחות מחרידות

Soul-chilling chants and dancing devil-flames.

מזמורים מצמררים נשמה ולהבות שטן רוקדות

The messenger and his people could stand it no more.

השליח ואנשיו לא יכלו לסבול זאת יותר

A body of twenty police set out in the late afternoon.

כוח של עשרים שוטרים יצא לדרך בשעות אחר הצהריים המאוחרות

And a shivering settler came with them as a guide.

ומתיישב רועד הגיע איתם כמדריך

***

At the end of the passable road they alighted.

בסוף הדרך הסבירה הם ירדו

For miles and miles they splashed on in silence.

במשך קילומטרים על גבי קילומטרים הם המשיכו להתיז בשתיקה

And they went on through the terrible cypress woods.

והם המשיכו דרך יערות הברושים הנוראיים

Dark, dark woods in which day but almost never came.

יערות חשוכים, חשוכים שבהם יום כמעט ולא הגיע

Ugly roots set traps for them in the wet ground.
שורשים מכוערים מציבים להם מלכודות באדמה הרטובה
Malignant hanging nooses of Spanish moss beset them.
לולאות תלויות ממאירות של טחב ספרדי כיתרו אותם
In the distance the settlement slowly came into sight.
במרחק היישוב התגלה אט אט
Hysterical dwellers ran out of the miserable huts.
דיירים היסטריים ברחו מהבקתות האומללות
They clustered around the group of bobbing lanterns.
הם התקבצו סביב קבוצת הפנסים המתנודדים
Far, far ahead the cause of all the fear could be heard.
רחוק, רחוק קדימה, ניתן היה לשמוע את סיבת כל הפחד
The muffled beat of drums was now faintly audible.
קצב התופים העמום נשמע כעת קלושות
At times the wind shifted and revealed different sounds.
לעיתים הרוח השתנתה ושמעה צלילים שונים
Curdling shrieks were audible at infrequent intervals.
צרחות מקרצפות נשמעו במרווחים לא רגילים
A reddish glare seemed to filter through the undergrowth.
בוהק אדמדם נראה שחדר מבעד לסבך
The settlers were reluctant to be left alone again.
המתיישבים לא רצו להישאר שוב לבד
But they point blank refused to move forwards either.
אבל גם הם סירבו בתוקף להתקדם
So the inspector and his colleagues plunged on unguided.
אז המפקח ועמיתיו המשיכו ללא הדרכה
And they went into the black arcades of horror.
והם נכנסו אל תוך אולמות האימה השחורים
The region was one of traditionally evil repute.
האזור היה בעל מוניטין מסורתי של רע
The lands were substantially unknown by white men.
האדמות היו כמעט ולא מוכרות לאנשים לבנים
Not many explorers had traversed those regions yet.
לא הרבה חוקרים חצו עדיין את האזורים האלה
There were also legends of a hidden away lake.
היו גם אגדות על אגם נסתר
A body of water still unglimpsed by mortal sight.
גוף מים עדיין לא נראה לעין על ידי בן תמותה
In the lake it was said there dwelt a strange creature.

נאמר שבאגם חי יצור מוזר

A huge, formless white polypous thing with luminous eye.

פוליפוני לבן ענק, חסר צורה, עם עין זוהרת

And settlers whispered about bat-winged devils.

ומתיישבים לחשו על שדים בעלי כנפי עטלף

They flew up out of caverns from the inner earth.

הם עפו למעלה מתוך מערות מהאדמה הפנימית

And together the demons worship it at midnight.

ויחד השדים סוגדים לו בחצות

They said it had been there before D'Iberville.

הם אמרו שזה היה שם לפני ד'איברוויל

They said it had been there before La Salle too.

הם אמרו שזה היה שם גם לפני לה סאל

They said it was there before the Native Americans.

הם אמרו שזה היה שם לפני האינדיאנים

Perhaps it was even there before the wholesome beasts.

אולי זה היה שם אפילו לפני החיות הבריאות

It was a nightmare itself that made men dream.

זה היה סיוט בפני עצמו שגרם לגברים לחלום

And to see the thing was the same as death.

ולראות את הדבר היה כמו מוות

And so they had enough warning to know to keep away.

ולכן הייתה להם מספיק אזהרה כדי לדעת כדי להתרחק

Because it was indeed where they were warned it was.

כי זה אכן היה המקום שבו הזהירו אותם שזה קורה

The voodoo orgy was on the fringe of this abhorred area.

אורגיית הוודו הייתה בשוליים של האזור המתועב הזה

But the location was already bad enough by itself.

אבל המיקום כבר היה גרוע מספיק בפני עצמו

The voodoo activities only added to the horror.

פעילויות הוודו רק הוסיפו לזוועה

Perhaps poetry could do justice to the noises heard.

אולי שירה תוכל לעשות צדק לרעשים הנשמעים

Otherwise only madness would help one understand.

אחרת רק טירוף היה עוזר להבין

But Legrasse's plowed on through the black morass.

אבל לגראס המשיך לחרוש את הביצה השחורה

The sound of the muffled drumming slowly crystalized.

צליל התיפוף העמום התגבש אט אט

And they continued steadily towards the red glare.
והם המשיכו בהתמדה לעבר הבוהק האדום

***

There are vocal qualities specific to men.
ישנן תכונות קוליות ספציפיות לגברים

And there are vocal qualities specific to beasts.
וישנן איכויות קוליות ספציפיות לחיות

It is terrible when one makes the sounds of the other.
זה נורא כשאחד משמיע את הקולות של השני

Animal fury freed them of their human restraint.
זעם החיות שחרר אותם מכבלי האנוש שלהם

Orgiastic license whipped them into demoniac heights.
שחרור אורגיזי הקפיץ אותם לגבהים שטניים

Howls that tore through those perpetually dark woods.
יללות שקרעו את אותם יערות חשוכים תמיד

Squawking ecstasies that echoed in everyone's mind.
אקסטזות צווחניות שהדהדו בתודעת כולם

Sounds like pestilential tempests from the gulfs of hell.
נשמע כמו סערות מזיקות ממפרץ הגיהנום

Now and then the less organized ululations would cease.
מפעם לפעם היו נפסקות הקריאות הפחות מאורגנות

A well-drilled chorus of hoarse voices rose in singsong.
מקהלה מאומנת היטב של קולות צרודים עלתה בשירה

And they chanted that hideous phrase of their ritual.
והם זימרו את המשפט המחריד הזה של הטקס שלהם

"Ph'nglui mglw'nafh Cthulhu R'lyeh wgah'nagl fhtagn"
"פ'נגלוי מגלו'נאף קת'ולהו ר'לייה ווגה'נאגל פתגן

Then the men reached a spot where the trees were sparser.
אז הגברים הגיעו למקום שבו העצים היו דלילים יותר

Suddenly they come in sight of the spectacle itself.
לפתע הם ניגשים לראיית המחזה עצמו

Four of them reeled from the horrible things they saw.
ארבעה מהם הזדעזעו מהדברים הנוראיים שראו

One man fainted, and two were shaken into a frantic cry.
אדם אחד התעלף, ושניים הזדעזעו עד כדי בכי חרדתי

Fortunately their screams were not heard by other ears.
למרבה המזל, צרחותיהם לא נשמעו על ידי אוזניים אחרות

The mad cacophony of the orgy deadened their screams.
הקקופוניה המטורפת של האורגיה דעכה את צרחותיהם

Legrasse splashed swamp water on the fainting man.
לגראס התיז מי ביצה על האיש המתעלף

They stood up again, but nearly hypnotized with horror.
הם קמו שוב, אבל כמעט מהופנטים מאימה

In a natural glade of the swamp stood a grassy island.
בקרחת יער טבעית של הביצה עמד אי מכוסה עשב

The grassy island extended perhaps for an acre.
האי המכוסה עשב השתרע אולי על פני דונם אחד

And the area was clear of trees and tolerably dry.
והאזור היה נקי מעצים ויבש באופן סביר

A horde of human abnormality leaped and twisted.
קבוצה של אנומליות אנושית זינקה והתפתלה

No Sime could paint what the men were seeing.
אף סימה לא היה יכול לצייר את מה שהגברים ראו

No Angarola has ever painted such an indescribable scene.
אף אנגרולה מעולם לא צייר סצנה כה בלתי ניתנת לתיאור

The hybrid spawn made a monstrous ring-shaped bonfire.
השריץ ההיברידי יצר מדורה מפלצתית בצורת טבעת

They brayed bellowed and writhed about in their nudity.
הם צעקו, שאגו והתפתלו בעירומם

Occasionally there were rifts in the curtain of flame.
מדי פעם היו קרעים בווילון הלהבה

And there the object of their worship revealed itself.
ושם גילה את מושא פולחנם

In the midst of the fire stood a great granite monolith.
בתוך האש עמד מונולית גרניט גדול

The stone structure was only about eight feet in height.
מבנה האבן היה בגובה של כשמונה מטרים בלבד

And the noxious carven statuette rested on the monolith.
ופסלון המגולף המזיק נחה על המונולית

The idle was almost incongruous in its diminutiveness.
הסרק היה כמעט לא הולם בזעירותו

Spaced evenly, scaffolds had been erected around the fire.
פיגומים הוקמו סביב האש, במרווחים שווים

From the scaffolding hung a number of marred bodies.
מהפיגומים היו תלויים מספר גופות פגומות

The bodies of those that had disappeared from nearby.

גופותיהם של אלה שנעלמו מהסביבה

It was inside this circle the ring of worshipers were.

בתוך המעגל הזה הייתה טבעת המתפללים

And they roared and jumped in the frantic trance.

והם שאגו וקפצו בטראנס המטורף

The general direction of the motion was anti-clockwise.

כיוון התנועה הכללי היה נגד כיוון השעון

The ring of bodies circling around the ring of fire.

טבעת הגופות חגה סביב טבעת האש

One man recollected other details even more concerning.

אדם אחד נזכר בפרטים אחרים מדאיגים עוד יותר

But perhaps the echoes induced him to hear other things.

אבל אולי ההדים גרמו לו לשמוע דברים אחרים

He fancied he heard antiphonal responses to the ritual.

הוא דמיין שהוא שומע תגובות אנטיפונאליות לטקס

Noises from an unillumined spot deeper within the woods.

רעשים מנקודה לא מוארת, עמוק יותר בתוך היער

This man, Joseph D. Galvez, I later met and questioned.

את האיש הזה, ג'וזף ד גאלווז, פגשתי מאוחר יותר וחקרתי אותו

And he proved to indeed be distractingly imaginative.

והוא אכן הוכיח את עצמו כבעל דמיון מסיח את הדעת

He even hinted at the faint beating of great wings.

הוא אפילו רמז על הכה חלשה של כנפיים גדולות

And he suggested there was a glimpse of shining eyes.

והוא רמז שיש הצצה של עיניים נוצצות

And beyond the trees, a mountainous white bulk of
something.

ומעבר לעצים, גוש לבן והררי של משהו

I suppose he had heard too much native superstition.

אני מניח שהוא שמע יותר מדי אמונות טפלות ילידיות

But actually the horrified pause was relatively brief.

אבל למעשה, ההפסקה המזועזעת הייתה קצרה יחסית

Duty came first, and they had come to do a job.

החובה קודמת לכל, והם באו לעשות עבודה

***

There must have been nearly a hundred mongrel celebrants.

ודאי היו שם כמעט מאה חוגגים מכלבאי

But the police were able to rely on their firearms.

אבל המשטרה יכלה להסתמך על כלי הנשק שלה

And they plunged determinedly into the nauseous rout.

והם צללו בנחישות אל תוך התהום המבחילה

For five minutes the chaotic din was beyond description.

במשך חמש דקות היה הרעש הכאוטי מעבר לכל תיאור

Wild blows were struck and shots were fired.

מכות פראיות הונחתו ונורו יריות

Some escaped arrest by running into the darkness.

חלקם נמלטו ממעצר על ידי בריחה אל תוך החושך

They had a better knowledge of the layout of the swamp.

הייתה להם ידע טוב יותר על מתווה הביצה

But Legrasse and his men caught around half of them.

אבל לגראס ואנשיו תפסו כמחצית מהם

And they counted around forty-seven sullen prisoners.

והם ספרו כארבעים ושבעה אסירים קודרים

They were forced to put on their clothes again.

הם נאלצו ללבוש את בגדיהם שוב

And they fell into line between two rows of policemen.

והם הסתדרו בשורה בין שתי שורות של שוטרים

Five of the worshipers lay dead by the fire.

חמישה מהמתפללים שכבו מתים ליד האש

Two severely wounded prisoners were carried away.

שני אסירים פצועים קשה הובלו משם

Of course the image on the monolith was removed.

כמובן שהתמונה על המונולית הוסרה

Legrasse himself took the evidence to the police station.

לגראס עצמו לקח את הראיות לתחנת המשטרה

The trip back to the headquarters was of intense strain.

הנסיעה חזרה למטה הייתה קשה מאוד

The men were examined when they got back to civilization.

הגברים נבדקו כשחזרו לציוויליזציה

The prisoners all proved to be men of a very low type.

כל האסירים התגלו כאנשים מסוג נחות מאוד

They were all mixed-blooded, and mentally aberrant.

כולם היו מעורבים, ובעלי בעיות שכליות

Most were seamen by trade, or some similar professions.

רובם היו יורדי ים במקצועם, או במקצועות דומים

Negroes and mulattoes were sprinkled among them.

כושים ומולטים היו מפוזרים ביניהם

But most seemed to be West Indians or Brava Portuguese.
אבל נראה שרובם היו בני האינדיאנים המערביים או פורטוגלים של
בראבה

They primarily came from the Cape Verde Islands.
הם הגיעו בעיקר מאיי כף ורדה

They gave the heterogeneous cult a coloring of voodooism.
הם נתנו לכת ההטרוגנית צביעה של וודואיזם

But there wasn't even a need to ask too many questions.
אבל אפילו לא היה צורך לשאול יותר מדי שאלות

The conclusion quickly became manifest by itself.
המסקנה התבררה במהירות מעצמה

Something far deeper than negro fetishism was involved.
היה מעורב משהו עמוק הרבה יותר מפטישיזם שחורים

Although ignorant, but their story was consistent.
למרות שהם בורים, הסיפור שלהם היה עקבי

The creatures all spoke of the same central idea.
כל היצורים דיברו על אותו רעיון מרכזי

They certainly all shared the same loathsome faith.
בוודאי כולם חלקו את אותה אמונה מתועבת

They worshiped, so they said, the great old ones.
הם סגדו, כך אמרו, לזקנים הגדולים

The great old ones lived long before there were any men.
הזקנים הגדולים חיו הרבה לפני שהיו אנשים

And they came to the young world out of the sky.
והם הגיעו לעולם הצעיר מן השמיים

Those old ones were now gone, they explained.
הישנים האלה נעלמו עכשיו, הם הסבירו

They were now inside the earth and under the sea.
הם היו עכשיו בתוך האדמה ומתחת לים

But their dead bodies found ways to tell their secrets.
אבל גופותיהם מצאו דרכים לספר את סודותיהם

They whispered into the dreams of the first men.
הם לחשו לתוך חלומותיהם של האנשים הראשונים

And the first men formed a cult which has never died.
והאנשים הראשונים הקימו כת שמעולם לא מתה

***

The cult had always existed, and always would exist.

הכת תמיד הייתה קיימת, ותמיד תתקיים

Their followers were hidden in wastes all over the world.
חסידיהם הוסתרו בשממה בכל רחבי העולם

Their followers were in dark places explorers overlooked.
חסידיהם היו במקומות חשוכים שחוקרים התעלמו מהם

And they would remain hidden until they were called.
והם יישארו חבויים עד שיקראו להם

When the great priest Cthulhu rises again to the surface.
כאשר הכהן הגדול קת'ולהו עולה שוב אל פני השטח

When Cthulhu brings the earth again beneath his sway.
כאשר קת'ולהו מחזיר את הארץ תחת שלטונו

When Cthulhu leaves from his dark house in the mighty city of R'lyeh.
כאשר קת'ולהו עוזב את ביתו האפל בעיר האדירה ר'ליה

Some day he was going call, when the stars were ready.
יום אחד הוא התכוון להתקשר, כשהכוכבים יהיו מוכנים

And the secret cult will always be waiting to liberate him.
והכת הסודית תמיד תחכה לשחרר אותו

Meanwhile, no more of his story must be told.
בינתיים, אסור לספר עוד מסיפורו

There was a secret even torture could not extract.
היה שם סוד שאפילו עינויים לא הצליחו לחלץ

Mankind was not alone among the conscious things of earth.
האנושות לא הייתה לבדה בין הדברים המודעים של כדור הארץ

Because shapes came out of the dark to visit the faithful few.
כי צורות יצאו מהחושך לבקר את המעטים הנאמנים

But these were not the great old ones.
אבל אלה לא היו הישנות והגדולות

No man had ever seen the great old ones.
איש מעולם לא ראה את הישנים הגדולים

The carven idol was of great Cthulhu.
הפסל המגולף היה של קת'ולהו הגדול

None could say whether the others were like him.
איש לא יכול היה לומר אם האחרים היו כמוהו

No one could read the old writing now.
איש לא יכול היה לקרוא את הכתב הישן כעת

Instead, things were told by word of mouth.
במקום זאת, הדברים נאמרו מפה לאוזן

The chanted ritual was not the secret.

הטקס הנשר לא היה הסוד

The secret was never spoken aloud, only whispered.

הסוד מעולם לא נאמר בקול רם, רק נלחש

The chant meant one thing, and one thing alone:

המשמעות של הפזמון הייתה דבר אחד, ודבר אחד בלבד:

"In his house at R'lyeh dead Cthulhu waits dreaming."

בביתו בר'ליה , קת'ולהו המת מחכה וחולם

Only two of the prisoners were found sane enough to be hanged.

רק שניים מהאסירים נמצאו שפויים מספיק כדי להיתלות

The rest of them were committed to various institutions.

השאר הועברו למוסדות שונים

All denied to have taken any part in the ritual murders.

כולם הכחישו כל חלק ברציחות הפולחניות

They said the killing had been done by something else.

הם אמרו שהההריגה בוצעה על ידי משהו אחר

"The black-winged ones," the each insisted, separately.

"בעלי הכנפיים השחורות," התעקש כל אחד בנפרד

They had come to them from their immemorial meeting-place.

הם הגיעו אליהם ממקום מפגשם הנצחי

They had arisen out from the haunted woodlands.

הם קמו מתוך היערות הרדופים

But the stories of mysterious allies were inconsistent.

אבל הסיפורים על בעלי ברית מסתוריים היו לא עקביים

***

What the police did extract came mainly from one man.

מה שהמשטרה כן הוציאה הגיע בעיקר מאדם אחד

An immensely aged mestizo named Castro.

מסטיצו מבוגר מאוד בשם קסטרו

He claimed to have sailed to strange ports.

הוא טען שהפליג לנמלים זרים

And he said he had been to the mountains of China.

והוא אמר שהוא היה בהרי סין

There he talked with undying leaders of the cult.

שם הוא שוחח עם מנהיגים נצחיים של הכת

Old Castro remembered bits of hideous legend.

קסטרו הזקן זכר פיסות אגדה מחרידות

His legends paled the speculations of theosophists.
אגדותיו החווירו את ספקולציותיהם של התיאוסופים

His stories made man seem like a recent creation.
סיפוריו גרמו לאדם להיראות כיצירה חדשה

Even the world was transient in his account of things.
אפילו העולם היה חולף בתיאורו את הדברים

There had been eons when other Things ruled on the earth.
היו עידנים שבהם דברים אחרים שלטו על פני כדור הארץ

And they had had great cities here on the earth.
והיו להם ערים גדולות כאן על פני האדמה

The deathless Chinamen told him reserved secrets.
הסינים האלמותיים גילו לו סודות שמורים

He had told him their ruins could still be found.
הוא אמר לו שעדיין ניתן למצוא את חורבותיהם

There were still Cyclopean stones on islands in the Pacific.
עדיין היו אבנים ציקלופיות על איים באוקיינוס השקט

They all died vast epochs of time before man came.
כולם מתו תקופות עצומות של זמן לפני בואו של האדם

But there were knowledges and practices in ancients arts.
אבל היו ידע ומנהגים באמנויות עתיקות

Special rituals which could revive them again, in time.
טקסים מיוחדים אשר יוכלו להחיות אותם שוב, עם הזמן

In the cycle of eternity their return was inevitable.
במעגל הנצח, חזרתם הייתה בלתי נמנעת

When the stars come round again to the right positions
כאשר הכוכבים חוזרים למקומות הנכונים

They had, indeed themselves come from the stars.
הם אכן בעצמם באו מהכוכבים

"These great old ones," Castro continued.
"הישנים והנהדרים האלה," המשיך קסטרו

They were not composed entirely of flesh and blood.
הם לא היו מורכבים כולם מבשר ודם

They had shape," Castro insisted, confidently.
"הייתה להם צורה", התעקש קסטרו בביטחון

And he had strange proof for what he believed.
והיו לו הוכחות מוזרות למה שהוא האמין

But the shape they took on was not made of matter.
אבל הצורה שהם קיבלו לא הייתה עשויה מחומר

When the stars were in their right positions.

כאשר הכוכבים היו במיקומם הנכון

Then they could plunge from one world to another.

אז הם יכלו לצלול מעולם אחד לאחר

Because they can move themselves through the sky.

כי הם יכולים לנוע בעצמם דרך השמיים

But when the stars were wrong, they cannot live.

אבל כשהכוכבים טעו, הם לא יכולים לחיות

And it is true that they no longer live like we do.

וזה נכון שהם כבר לא חיים כמונו

But despite that, they never really die either.

אבל למרות זאת, הם אף פעם לא באמת מתים

They rest in stone houses in their great city of R'lyeh.

הם נחים בבתי אבן בעירם הגדולה, ר'לייה

They are preserved by the spells of mighty Cthulhu.

הם נשמרים על ידי לחשי קת'ולהו האדיר

So there they lie, unaffected by the passing of time.

אז הנה הם שוכבים, לא מושפעים מחלוף הזמן

And they wait for another glorious resurrection.

והם מחכים לתחיית תחיית המתים המפוארת עוד

When the stars and earth are ready for them again.

כאשר הכוכבים וכדור הארץ יהיו מוכנים עבורם שוב

But they are still dependent on an outside force.

אבל הם עדיין תלויים בכוח חיצוני

A force from outside served to liberate their bodies.

כוח מבחוץ שירת לשחרור גופם

The spells preserved them and kept them intact.

הלחשים שימרו אותם ושמרו עליהם שלמים

But the spells also kept them from breaking free.

אבל הלחשים גם מנעו מהם להשתחרר

So they could only lie awake in the dark and think.

אז הם יכלו רק לשכב ערים בחושך ולחשוב

***

In the meantime uncounted millions of years rolled by.

בינתיים חלפו מיליוני שנים אינספור

They knew all that was occurring in the universe.

הם ידעו את כל מה שקורה ביקום

Because their mode of speech was transmitted thought.

מכיוון שאופן הדיבור שלהם היה מחשבה מועברת

Even now they were talking in their tombs.

אפילו עכשיו הם שוחחו בקבריהם

Then, after infinities of chaos, the first men came.

אז, אחרי אינסוף כאוס, הגיעו האנשים הראשונים

The great old ones spoke to the sensitive among them.

הזקנים הגדולים דיברו אל הרגישים שביניהם

They spoke to them by molding their dreams.

הם דיברו אליהם על ידי עיצוב חלומותיהם

Only that way could their language reach the fleshly minds
of mammals.

רק כך יכלה שפתם להגיע למוחותיהם הבשרניים של יונקים

Then, whispered Castro, those first men formed the cult.

אז, לחש קסטרו, אותם גברים ראשונים הקימו את הכת

They organized themselves around small idols.

הם התארגנו סביב אלילים קטנים

The small idols which the great ones had shown them.

האלילים הקטנים אשר הראו להם הגדולים

Idols brought from dim eras from dark stars.

אלילים שהובאו מתקופות אפלות מכוכבים אפלים

That cult would never die till the stars came right again.

הכת הזו לעולם לא תמות עד שהכוכבים יחזרו להיות תקינים

The secret priests were going to take great Cthulhu from His
tomb.

הכוהנים הסודיים עמדו לקחת את קת'ולהו הגדול מקברו

And they were going to revive His subjects.

והם עמדו להחיות את נתיניו

And then Cthulhu was going to resume His rule of earth.

ואז קת'ולהו עמד לחדש את שלטונו על כדור הארץ

The right time was going to reveal itself quite clearly.

הזמן הנכון עמד להתגלות בבירור

At that time mankind will have become as the great old
ones.

באותו זמן האנושות תהפוך להיות הגדולה והישנה

They will be free and wild and beyond good and evil.

הם יהיו חופשיים ופראיים ומעבר לטוב ולרע

Laws and morals are going to be thrown aside.

חוקים ומוסר יזוזו הצידה

All men will be shouting and killing and reveling in joy.

כל הגברים יצעקו, יהרגו ויתהללגו בשמחה

Then the liberated old ones will teach them the new ways.

אז ילמדו אותם הישנים המשוחררים את הדרכים החדשות

New ways to shout and kill and revel and enjoy.

דרכים חדשות לצעוק ולהרוג ולהתענג וליהנות

And all the earth will flame with a holocaust of ecstasy and freedom.

וכל הארץ תבער בשואה של אקסטזה וחופש

Meanwhile the cult had to practice the appropriate rites.

בינתיים, הכת הייתה צריכה לתרגל את הטקסים המתאימים

They had to keep alive the memory of those ancient ways.

הם היו צריכים לשמור בחיים את זיכרון הדרכים העתיקות הללו

And they had to shadow forth the prophecy of their return.

והם היו צריכים להצל על נבואת שובם

In the elder time chosen men spoke with the entombed Old Ones.

בימי קדם, אנשים נבחרים דיברו עם הזקנים הקבורים

The entombed Old Ones spoke to them in their dreams.

הזקנים הקבורים דיברו אליהם בחלומותיהם

But then something disturbed their means of communication.

אבל אז משהו הפריע לאמצעי התקשורת שלהם

The great stone in the city R'lyeh had sunk beneath the waves.

האבן הגדולה בעיר ר'לייה שקעה מתחת לגלים

And the monoliths and sepulchers were beneath the waters.

והמונוליתים והקברים היו מתחת למים

Deep waters full of the one primal mystery.

מים עמוקים מלאים בתעלומה קדמונית אחת

Waters through which not even thought can pass.

מים שאפילו מחשבה לא יכולה לעבור דרכם

Water that cut off their spectral communication.

מים שניתקו את התקשורת הספקטרלית שלהם

But the memory of the rites and rituals never died.

אבל זיכרון הטקסים והטקסים מעולם לא מת

And high priests said that the city would rise again.

והכוהנים הגדולים אמרו שהעיר תקום שוב

When the stars were right Cthulhu was going to return.

כאשר הכוכבים יהיו נכונים, קת'ולהו עמד לחזור

The moldy black spirits of the earth will come out again.

הרוחות השחורות והמעופשות של הארץ יצאו שוב

Shadowy black spirits full of dim rumors.

רוחות שחורות ואפלות מלאות שמועות מעורפלות

***

The spirits collected in caverns beneath forgotten sea-bottoms.

הרוחות התאספו במערות מתחת לקרקעית ים נשכחת

But of those spirits old Castro dared not speak much.

אבל על הרוחות האלה קסטרו הזקן לא העז לדבר הרבה

And he hurriedly cut himself off from the topic.

והוא מיהר להתנתק מהנושא

No amount of persuasion could elicit more in this direction.

שום כמות של שכנוע לא תוכל להוביל יותר בכיוון הזה

No subtlety could convince him to speak of those spirits.

שום עדינות לא יכלה לשכנע אותו לדבר על הרוחות הללו

The size of the old ones, too, he curiously declined to mention.

גם את גודלם של הישנים, הוא סירב להזכיר בסקרנות

And of the cult he spoke very little too.

וגם על הכת הוא דיבר מעט מאוד

He thought the center lay amid the pathless deserts of Arabia.

הוא חשב שהמרכז נמצא בין מדבריות ערב חסרי השבילים

There in Irem, the City of Pillars, dreams hidden and untouched.

שם באירם, עיר העמודים, חלומות חבויים ובלתי נגועים

This cult was not allied to the European witch-cult.

כת זו לא הייתה קשורה לכת המכשפות האירופית

And the cult was virtually unknown beyond its members.

והכת הייתה כמעט בלתי מוכרת מעבר לחבריה

No book had ever really hinted of their knowledge.

שום ספר מעולם לא רמז באמת על הידע שלהם

Though the deathless Chinamen said the mad Arab Abdul Alhazred came close.

למרות שהסינים האלמותיים אמרו שהערבי המשוגע עבדול אל-חזרד
היה קרוב לכך

He said that there were double meanings in his
Necronomicon.

הוא אמר שישנן משמעויות כפולות בנקרונומיקון שלו

The initiated were free to read it if they wanted to.

היזוכים היו חופשיים לקרוא אותו אם רצו

And they should pay attention to one couplet in particular.

ועליהם לשים לב לזווג אחד במיוחד

"That which is not dead can sleep for eternity,"

"מה שאינו מת יכול לישון לנצח,"

"And with strange eons even death may die."

"ועם עידנים מוזרים אפילו המוות עלול למות"

Legrasse had been deeply impressed by what he heard.

לגראס התרשם עמוקות ממה ששמע

And he was not a little bewildered by the tale.

והוא לא היה מבולבל קצת מהסיפור

He inquired in vain about the historic affiliations of the cult.

הוא שאל לשווא על השתייכותה ההיסטורית של הכת

Castro, apparently, had told the truth about the oath of
secrecy.

קסטרו, ככל הנראה, אמר את האמת על שבועת הסודיות

The authorities at Tulane University could not offer much
help either.

גם הרשויות באוניברסיטת טוליין לא יכלו להציע עזרה רבה

The were not able to shed no light upon neither cult, nor the
image.

הם לא הצליחו לשפוך אור לא על הפולחן ולא על התמונה

And now the detective had come to the highest authorities in
the country.

ועכשיו הבלש הגיע לרשויות הגבוהות ביותר במדינה

And he heard none other than Professor Webb' tale in
Greenland.

והוא שמע לא אחר מאשר סיפורו של פרופסור ווב בגרינלנד

***

Legrasse's tale aroused feverish interest at the meeting.

של לגראס עורר עניין רב בפגישה

The story was not only significant in its implications.
הסיפור לא היה משמעותי רק בהשלכותיו

But the story was also corroborated by the statuette.
אבל הסיפור אושש גם על ידי הפסלון

The excitement echoed in the subsequent correspondence.
ההתרגשות הדהדה בהתכתבות שלאחר מכן

Those who attended stayed in close contact with each other.
אלו שהשתתפו שמרו על קשר הדוק זה עם זה

Although scant mention occurs in the formal publications.
למרות שאזכור מועט מופיע בפרסומים הרשמיים

Caution is the first care of those accustomed to charlatanry.
זהירות היא הטיפול הראשון של אלו המורגלים בשרלטנות

Impostures are kept out as much as it is possible.
הונאות נמנעות ככל האפשר

Legrasse for some time lent the image to Professor Webb.
לגראס השאיל את התמונה למשך זמן מה לפרופסור ווב

But at the latter's death the image was returned to him.
אך עם מותו של האחרון הוחזרה לו התמונה

And the image remains in Legrasse's possession.
והתמונה נשארת ברשותו של לגראס

This is where I viewed the terrible image not long ago.
כאן ראיתי את התמונה הנוראית לא מזמן

The image is unmistakably akin to Wilcox' dream-sculpture.
התמונה דומה באופן מובהק לפסל החלומות של וילקוקס

It was no wonder my uncle was so excited by his tale.
אין פלא שדודי התרגש כל כך מהסיפור שלו

And I'm not surprised he made the efforts he made.
ואני לא מופתע שהוא עשה את המאמצים שהוא עשה

He had heard everything Legrasse knew of the cult.
הוא שמע כל מה שלגראס ידע על הכת

And the strange cultish dreams of a sensitive young man.
וחלומותיו הפולחניים המוזרים של צעיר רגיש

The bas-relief just like the one from the swamp.
תבליט הבסיס בדיוק כמו זה מהביצה

The addition of the devil tablet in Greenland.
הוספת לוח השטן בגרינלנד

The exact same words used in three remote occurrences.
אותן מילים בדיוק ששימשו בשלושה אירועים נידחים

The Eskimo diabolists, the mongrels in Louisiana, and then Wilcox.

האסקימוסים השטניים, הכלבים בלואיזיאנה, ואז וילקוקס

What other conclusion could one possibly have come to?

לאיזו מסקנה אחרת אפשר היה להגיע?

It's only natural Professor Angel pursued this conclusion.

זה רק טבעי שפרופסור אנג'ל המשיך במסקנה הזו

And I wouldn't have expected him to be less thorough.

ולא הייתי מצפה שהוא יהיה פחות יסודי

My great-uncle was a man of principled academic rigor.

דודי רבא היה אדם בעל קפדנות אקדמית עקרונית

Though privately I also had other plausible theories.

למרות שבאופן פרטי היו לי גם תיאוריות אחרות שהגיוניות

I suspected young Wilcox of having heard of the cult.

חשדתי שווילקוקס הצעיר שמע על הכת

Maybe he had heard of the cult in some indirect way.

אולי הוא שמע על הכת בצורה עקיפה כלשהי

He could easily have invented a series of dreams.

הוא היה יכול בקלות להמציא סדרה של חלומות

That way he could heighten and continue the mystery.

כך הוא יוכל להגביר ולהמשיך את המסתורין

The dream-narratives and cuttings collected did of course corroborate.

סיפורי החלומות והגזירים שנאספו אכן אישרו זאת

But the rationalism of my mind had not yet been satisfied.

אבל הרציונליזם של תודעתי עדיין לא סיפק את סיפוקו

Coincidences can form highly believable illusions too.

גם צירופי מקרים יכולים ליצור אשליות אמינות מאוד

And we have to bear in mind the extravagance of the whole subject.

ועלינו לזכור את המוגזמות של הנושא כולו

So I was led to adopt what I thought the most sensible conclusions.

אז הובלתי לאמץ את מה שראיתי כמסקנות ההגיוניות ביותר

I thoroughly studied the manuscript from the beginning.

למדתי לעומק את כתב היד מההתחלה

And I correlated the theosophical and anthropological notes.

וקשרתי בין ההערות התאוסופיות והאנתרופולוגיות

I compared the literature with the cult narrative of Legrasse.

השוויתי את הספרות לנרטיב הפולחן של לגראס

I made a trip to Providence to see the sculptor.

נסעתי לפרובידנס כדי לראות את הפסל

And I intended to give him the rebuke I thought proper.

והתכוונתי לתת לו את הנזיפה שראיתי לנכון

There must be consequences, I felt, for the trick he played.

חייבות להיות השלכות, הרגשתי, לתעלול שהוא עשה

He had boldly imposed himself upon a learned and aged
man.

הוא כפה את עצמו באומץ על אדם מלומד וקשיש

***

Wilcox still lived alone where my uncle had met him.

וילקוקס עדיין גר לבדו במקום שבו דודי פגש אותו

In the Fleur-de-Lys Building in Thomas Street.

בבניין פלר-דה-ליס ברחוב תומאס

A hideous Victorian imitation of Seventeenth Century
Breton architecture.

חיקוי ויקטוריאני מחריד של האדריכלות הברטונית מהמאה השבע
עשרה

The building flaunted its stuccoed front amidst its
surroundings.

הבניין התהדר בחזיתו המצופה טיח בתוך סביבתו

There were lovely Colonial houses on the ancient hill.

היו בתים קולוניאליים מקסימים על הגבעה העתיקה

And the house stood under the shadow of the finest
Georgian steeple in America.

והבית עמד בצל הצריח הג'ורג'יאני היפה ביותר באמריקה

I found him at work in his rooms, among his sculptures.

מצאתי אותו בעבודה בחדריו, בין פסליו

The specimens scattered came from a very unique mind.

הדגימות שפוזרו הגיעו ממוח ייחודי מאוד

At once I conceded that his genius is indeed profound and
authentic.

מיד הודיתי שגאונותו אכן עמוקה ואותנטית

He has crystallized in clay that which Arthur Machen evokes
in prose.

הוא גיבש בחימר את מה שארתור מאכן מעורר בפרוזה

He mirrored in marble the nightmares Clark Ashton Smith
put to canvas.

הוא שיקף בשיש את הסיוטים שקלארק אשטון סמית' העלה על הבד

He will, I believe, be spoken of one day as one of the great
decadents.

אני מאמין שיום אחד ידובר עליו כאחד הדקדנטים הגדולים

He was dark, frail, and somewhat unkempt in aspect.

הוא היה כהה, שברירי, ומראהו היה קצת מוזנח

He turned languidly at my knock on his door.

הוא הסתובב בעצלתיים למשמע דפיקתי על דלתו

He didn't rise from his seat when I came in.

הוא לא קם ממקומו כשנכנסתי

And he asked me what the purpose of my visit was.

והוא שאל אותי מה מטרת ביקורי

When I told him who I was his interest was piqued.

כשסיפרתי לו מי אני, התעוררה בו התעניינות

My uncle had excited his curiosity by probing his strange
dreams.

דודי עורר את סקרנותו על ידי חקר חלומותיו המוזרים

Although he had never explained the reason for the study.

למרות שהוא מעולם לא הסביר את הסיבה למחקר

I did not enlarge his knowledge in this regard.

לא הרחבתי את ידיעותיו בנושא זה

But I sought with some subtlety to gain his confidence.

אבל ניסיתי, בעדינות מסוימת, לזכות באמונו

In a short time I became convinced of his absolute sincerity.

תוך זמן קצר השתכנעתי בכנותו המוחלטת

He spoke of the dreams in a manner none could mistake.

הוא דיבר על החלומות בצורה שאף אחד לא יכול היה לטעות בה

His dreams' subconscious residuum had influenced his art
profoundly.

השאריות התת-מודעות של חלומותיו השפיעו עמוקות על אמנותו

He showed me a morbid statue of the likes I had never seen
before.

הוא הראה לי פסל חולני שכמותו לא ראיתי מעולם

The statue's contours almost made me shake with fear.

קווי המתאר של הפסל כמעט גרמו לי לרעוד מפחד

The potency of the statue's black suggestion was
overbearing.

עוצמתה של הרמיזה השחורה של הפסל הייתה משתלטת

He could not recall having seen the original of this thing.
הוא לא זכר שראה את המקור של הדבר הזה

But the statue was inspired by his own dream bas-relief.
אבל הפסל קיבל השראה מתבליט החלום שלו עצמו

The outlines had formed themselves insensibly under his
hands.
קווי המתאר התעצבו באופן בלתי מורגש תחת ידיו

It was, no doubt, the giant shape he had raved of in
delirium.
אין ספק שזו הייתה הצורה הענקית שהוא התלהב ממנה בהזיה

That he really knew nothing of the hidden cult he soon
made clear.
עד מהרה הבהיר לו שהוא לא ידע דבר על הכת הנסתרת

Only my uncle's relentless catechism had given him some
clues,
רק הקטכיזם הבלתי פוסק של דודי נתן לו כמה רמזים,

And again I strove to explain the obvious conclusions away.
ושוב השתדלתי להסביר את המסקנות הברורות

How he could possibly have received the weird
impressions?
איך הוא יכל לקבל את הרשמים המוזרים האלה?

He talked of his dreams in a strangely poetic fashion.
הוא דיבר על חלומותיו בצורה פואטית מוזרה

He made me see with terrible vividness the vistas of his
dream.
הוא גרם לי לראות בחדות נוראית את נופי חלומו

The damp Cyclopean city of slimy green stone.
העיר הציקלופית הלחה, העשויה אבן ירוקה ודלילה

The geometry he oddly said, was all wrong.
הגיאומטריה שהוא אמר באופן מוזר, הייתה שגויה לחלוטין

And he spoke of what he heard with frightened expectancy.
והוא דיבר על מה ששמע בציפייה מפוחדת

The ceaseless, half-mental calling from underground:
הקריאה הבלתי פוסקת, חצי-מנטלית, מהמחתרת:

"Cthulhu fhtagn... Cthulhu fhtagn"
"קתולהו פתגן קתולהו פתגן"

These words had formed part of that dreaded ritual.
מילים אלה היוו חלק מאותו טקס נורא

The ritual the told of dead Cthulhu's dream-vigil.

הטקס מסופר על משמרת החלומות של קת'ולהו המת

The ritual that told of his stone vault at R'lyeh.

הטקס שסיפר על קמרון האבן שלו ברליה

And I felt deeply moved, despite my rational beliefs.

והרגשתי נרגש עמוקות, למרות האמונות הרציונליות שלי

Wilcox, I was sure, had heard of the cult in some casual way.

הייתי בטוח שווילקוקס שמע על הכת בצורה כלשהי אגבית

He spent his time in a mass of equally weird literature.

הוא בילה את זמנו במגוון רחב של ספרות מוזרה לא פחות

He must have forgotten the source of his knowledge.

הוא כנראה שכח את מקור הידע שלו

Later the cult had found subconscious expression in his dreams.

מאוחר יותר הכת מצאה ביטוי תת-מודע בחלומותיו

But this is natural when stories are so impressive.

אבל זה טבעי כשסיפורים כל כך מרשימים

Finally the cult's ideas manifested themselves in the bas-relief.

לבסוף, רעיונות הכת באו לידי ביטוי בתבליט

And now the subject of the cult manifested itself in the terrible statue.

ועכשיו נושא הכת התבטא בפסל הנורא

I was convinced his imposture upon my uncle had been very innocent.

הייתי משוכנע שהתחבולות שלו כלפי דודי הייתה תמימה לחלוטין

He both slightly affected, and slightly ill-mannered.

הוא היה גם קצת מושפע וגם קצת חסר נימוסים

He had a disposition which I could never like.

הייתה לו נטייה שלעולם לא אוכל לאהוב

But I was willing enough now to admit his genius.

אבל עכשיו הייתי מוכן מספיק להודות בגאונותו

And I have no way of denying his honesty either.

ואין לי דרך להתכחש גם לכנותו

Despite my initial feelings, I took leave of him amicably.

למרות הרגשות הראשוניים שלי, נפרדתי ממנו בידידות

And I wish him all the success his talent promises.

ואני מאחל לו את כל ההצלחה שהכישרון שלו מבטיח

***

The matter of the cult continued to fascinate me.

עניין הכת המשיך לרתק אותי

At times I had visions of the personal fame I could attain.

לעיתים היו לי חזיונות על התהילה האישית שאוכל להשיג

I visited New Orleans and talked with Legrasse.

ביקרתי בניו אורלינס ושוחחתי עם לגראס

And I spoke with other policemen of that swamp raid.

ודיברתי עם שוטרים אחרים על הפשיטה על הביצות

I saw the frightful image with my own eyes.

ראיתי את התמונה המפחידה במו עיניי

And I even questioned some of the surviving mongrel
prisoners.

ואפילו חקרתי כמה מהאסירים המעורבים ששרדו

Old Castro, unfortunately, had been dead for some years.

קסטרו הזקן, למרבה הצער, מת כבר כמה שנים

What I now heard so graphically at first hand excited me
afresh.

מה ששמעתי עכשיו באופן כה גרפי ממקור ראשון ריגש אותי מחדש

Though it was really no more than a detailed confirmation.

למרות שזה לא היה באמת יותר מאישור מפורט

What they told me I had already read in my uncle's notes.

את מה שסיפרו לי כבר קראתי ברשימות של דודי

I felt sure that I was on the track of a very real secret.

הייתי בטוח שאני על המסלול של סוד אמיתי מאוד

And I was sure I was going to discover a very ancient
religion.

והייתי בטוח שאני הולך לגלות דת עתיקה מאוד

The discovery would make me an anthropologist of note.

התגלית הזו תהפוך אותי לאנתרופולוג בעל חשיבות

My attitude was still one of absolute rational materialism.

גישתי עדיין הייתה של חומרנות רציונלית מוחלטת

And I wish my attitude to the subject matter had not
changed.

והלוואי והגישה שלי לנושא לא הייתה משתנה

I discounted with almost inexplicable perversity the
coincidences.

פסלתי בסטיות כמעט בלתי מוסברת את צירופי המקרים

The dream notes and odd cuttings collected by Professor Angell.

רשימות החלומות והגזירים המוזרים שאסף פרופסור אנג'ל

One thing I began to doubt was the cause of my uncle's death.

דבר אחד שהתחלתי לפקפק בו היה סיבת מותו של דודי

I began to suspect his death was far from natural.

התחלתי לחשוד שמותו היה רחוק מלהיות טבעי

And I now fear I know my uncle's death was not natural.

ועכשיו אני חושש שאני יודע שמותו של דודי לא היה טבעי

It was on a narrow hill street where he fell.

זה היה ברחוב צר על גבעה שבו הוא נפל

The street lead up from the ancient waterfront.

הרחוב מוביל למעלה מטיילת העתיקה

The port-town swarms with foreign mongrels.

עיר הנמל רוחשת בבעלי חיים זרים

He fell after a careless push from a negro sailor.

הוא נפל לאחר דחיפה רשלנית של מלח שחור

I had not forgotten the mixed blood of the cult-members in Louisiana.

לא שכחתי את הדם המעורב של חברי הכת בלואיזיאנה

I had not forgotten the sailors in the voodoo orgy.

לא שכחתי את המלחים באורגיית הוודו

And would not be surprised to learn that they had other knowledge too.

ולא אופתע לגלות שיש להם גם ידע נוסף

Secret methods as anciently known as the cryptic rites.

שיטות סודיות שנודעו בעת העתיקה כטקסים קריפטיים

Poison needles as ruthless their demonic beliefs.

מחטי רעל כאכזריות כאמינותיהם הדמוניות

Legrasse and his men, it is true, have been let alone.

לגראס ואנשיו, נכון, נותרו לבד

But in Norway a certain seaman who saw things is dead.

אבל בנורבגיה, איש ים מסוים שראה דברים מת

Might not sinister ears have picked up my uncle's interest in the sculptor?

האם לא אוזניים מרושעות עוררו את התעניינותו של דודי בפסל?

Might not the deeper inquiries of my uncle have drawn someone's attention?

האם לא היו השאלות המעמיקות יותר של דודי משכו את תשומת ליבו
של מישהו?

I think Professor Angell died because he knew too much.
אני חושב שפרופסור אנג'ל מת כי הוא ידע יותר מדי

Or he died because he was likely to learn too much.
או שהוא מת כי הוא כנראה ילמד יותר מדי

Whether I shall go out as he did remains to be seen.
האם אצא כמוהו, נותר לראות

Because I too have learned much about Cthulhu.
כי גם אני למדתי הרבה על קת'ולהו

The Madness from the Sea
הטירוף מן הים

There is one great boon heaven could grant me.

יש ברכה גדולה אחת שהשמיים יכולים להעניק לי

The total effacing of the results of a mere chance.

מחיקה מוחלטת של תוצאותיה של מקריות גרידא

I wish I had never seen that stray piece of paper.

הלוואי שלא ראיתי מעולם את פיסת הנייר התועה הזו

My daily routine would normally not have taken me there.

שגרת יומיומית בדרך כלל לא היתה מובילה אותי לשם

On any other day I would not have noticed anything.

בכל יום אחר לא הייתי שם לב לכלום

It was an old number of an Australian journal.

זה היה גיליון ישן של כתב עת אוסטרלי

The Sydney Bulletin for April 18, 1925

עלון סידני ל-18 באפריל, 1925

The paper had even slipped past the cutting bureau.

העיתון אפילו חמק מלשכת החיתוך

I had largely given over my inquiries to a friend.

במידה רבה העברתי את שאלותיי לחבר

He had taken on the work of most of the research.

הוא לקח על עצמו את עבודת המחקר של רובו

He had come to refer to the group as the "Cthulhu Cult".

הוא החל להתייחס לקבוצה כ"כת קת'ולהו"

I was visiting my learned friend of Paterson, New Jersey.

ביקרתי את ידידי המלומד מפטרסון, ניו ג'רזי

The curator of a local museum, and a mineralogist of note.

אוצר של מוזיאון מקומי, ומינרלוג ידוע

While at his museum I had access to the reserved specimens.

בזמן שהייתי במוזיאון שלו היתה לי גישה לדגימות השמורות

And this is when an odd picture caught my attention.

וכאן תמונה מוזרה תפסה את תשומת ליבי

Beneath one of the stones was the Sydney Bulletin I
mentioned.

מתחת לאחת האבנים היה ה"סידני עלון" שהזכרתי

My friend has wide affiliations in all conceivable foreign
lands.

לחבר שלי יש קשרים נרחבים בכל הארצות הזרות האפשריות

The picture was a half-tone cut of a hideous stone image.

התמונה הייתה חיתוך בחצי טון של תמונת אבן מחרידה

Almost identical with the stone Legrasse had found in the
swamp.

כמעט זהה לאבן שלגראס מצא בביצה

Eagerly I read the article for its precious contents.

קראתי את המאמר בשקיקה על תוכנו היקר

But I was disappointed to find that it was just a short article.

אבל התאכזבתי לגלות שזה היה רק מאמר קצר

Although brief, the information was of portentous
significance.

למרות היותו קצר, המידע היה בעל משמעות מרובה

***

"MYSTERY DERELICT FOUND AT SEA"
"נמצאה דירה נטושה מסתורית בים"

Vigilant Arrives With Helpless Armed New Zealand Yacht
in Tow.

ערני מגיע עם יאכטה ניו זילנדית חמושה וחסרת אונים

One Survivor and one Dead Man Found Aboard.

ניצול אחד ומת אחד נמצאו על הסיפון

Tale of Desperate Battle and Deaths at Sea.

סיפור על קרב נואש ומוות בים

Rescued Seaman Refuses Particulars of Strange Experience.

מלח שחולץ מסרב למסור פרטים על חוויה מוזרה

Odd Idol Found in His Possession, Inquiry to Follow.

פסל מוזר נמצא ברשותו, חקירה תבוא בהמשך

The Alert of Dunedin yacht, N.Z., had been disabled in
battle.

היאכטה "אלרט אוף דונידין" שבניו זילנד הושבתה בקרב

Previously the ship had left from Valparaiso on March 25th.

קודם לכן, הספינה הפליגה מוולפאראיסו ב-25 במרץ

On April 2nd the ship was driven considerably south of her
course.

ב-2 באפריל הספינה נדדה דרומה במידה ניכרת מנתיבה

Exceptionally heavy storms had redirected the ship.

סופות עזות במיוחד הפנו את כיוון הספינה מחדש

Monster waves forced the ship to take a different route.

גלי מפלצת אילצו את הספינה לבחור במסלול אחר

On April 12th the ship was sighted by another ship.

ב-12 באפריל הספינה נראתה על ידי ספינה אחרת

Latitude 34° 21', Longitude 152° 17'

קו רוחב 34° 21', קו אורך 152° 17'

Initially they thought the ship had been deserted.

בתחילה הם חשבו שהספינה נטושה

But one still living man had been found on board.

אבל אדם אחד שעדיין חי נמצא על הסיפון

This lone survivor was in a half-delirious condition.

הניצול היחיד הזה היה במצב של חצי הזיות

The only other victim found was a man already dead a week.

הקורבן הנוסף היחיד שנמצא היה גבר שכבר מת לפני שבוע

Now the heavily armed steam yacht was being towed.

כעת נגררה יאכטת הקיטור החמושה בכבדות

And this morning the ship was coming in to its wharf.

והבוקר הזה הספינה הגיעה לרציף שלה

The living man was clutching a horrible stone idol.

האיש החי אחז בפסל אבן נורא

The stone idol was about a foot in height.

פסל האבן היה בגובה של כמטר וחצי

And the origins of the stone were completely unknown.

ומקורות האבן היו בלתי ידועים לחלוטין

Authorities at Sydney university were baffled.

הרשויות באוניברסיטת סידני היו המומות

The Royal Society couldn't offer information about the idol.

החברה המלכותית לא יכלה לספק מידע על הפסל

And the Museum in College street had no insights either.

וגם למוזיאון ברחוב קולג' לא היו תובנות

The survivor says he found the stone in the cabin of the yacht.

הניצול אומר שמצא את האבן בתא היאכטה

Allegedly the idol was in a small carved shrine.

לכאורה, הפסל היה במקדש קטן ומגולף

And the carvings of the shrine were of common pattern.

וגילופי המקדש היו בעלי דגם נפוץ

This man eventually recovered back to his senses.

בסופו של דבר האיש הזה חזר לעצמו

And he told an exceedingly strange story of piracy and slaughter.

והוא סיפר סיפור מוזר ביותר על פיראטיות וטבח

He is Gustaf Johansen, a Norwegian of some intelligence.

הוא גוסטב יוהנסן, נורווגי בעל אינטליגנציה מסוימת

And he had been second mate of the two-masted schooner Emma of Auckland.

והוא היה חובש שני של המפרשית בעלת שתי התרנים "אמה מאוקלנד"

The ship sailed for Callao February 20th, manned by eleven sailors.

הספינה הפליגה לקאלאו ב-20 בפברואר, כשהיא מאוישת באחד עשר מלחים

The ship, he says, was delayed and thrown widely south of her course.

הספינה, הוא אומר, התעכבה והוטחה דרומה למרחקים ארוכים

There was a great storm on March 1st, and on March 22nd.

הייתה סערה גדולה ב-1 במרץ, וב-22 במרץ

On their journey they encountered another ship.

במסעם הם נתקלו בספינה נוספת

This was in S. Latitude 49° 51′, W. Longitude 128° 34′

זה היה בקו רוחב דרום 49° 51′, קו אורך מערב 128° 34′

This ship was manned by a queer and evil-looking crew.

ספינה זו אוישה על ידי צוות מוזר ובעל מראה מרושע

All the men were of Kanakas and half-castes.

כל הגברים היו מבני קאנאקה וחצאי קאסטות

Being ordered peremptorily to turn back, Capt. Collins refused.

לאחר שקיבל פקודה חד משמעית לחזור, קפטן קולינס סירב

Without warning the strange crew began to shoot savagely upon the schooner.

ללא אזהרה, הצוות המוזר החל לירות באכזריות על הספינה

They shot a peculiarly heavy battery of brass cannon.

הם ירו סוללת תותחי פליז כבדה במיוחד

The men from his ship showed fighting spirit, says the survivor.

הגברים מספינתו גילו רוח לחימה, אומר הניצול

The schooner began to sink from shots beneath the waterline.

המפרשית החלה לשקוע מיריות מתחת לקו המים

But they managed to heave alongside their enemy boat, and board her.

אבל הם הצליחו להתקדם לצד סירת האויב שלהם, ולעלות עליה

They grappled with the savage crew on the yacht's deck.

הם התמודדו עם הצוות הפראי על סיפון היאכטה

Their mode of fighting seemed to be strangely clumsy.

אופן הלחימה שלהם נראה מסורבל באופן מוזר

But defeat did not seem to be an option for these savage men.

אבל תבוסה לא נראתה כאופציה עבור האנשים הפראיים האלה

They had a particularly abhorrent and desperate way of fighting.

הייתה להם דרך לחימה מתועבת ונואשת במיוחד

So they had no choice but to kill all men of the enemy ship.

אז לא הייתה להם ברירה אלא להרוג את כל אנשי ספינת האויב

Three of their men were also killed in the fight.

שלושה מאנשיהם נהרגו גם הם בקרב

Capt. Collins and First Mate Green were among the dead.

קפטן קולינס וקצין ראשון גרין היו בין ההרוגים

Second Mate Johansen took over control from First Mate Green.

רב החובל ג'והנסן תפס את הפיקוד מידי רב החובל גרין

And the remaining eight men proceeded to navigate the captured yacht.

ושמונת הגברים הנותרים המשיכו לנווט את היאכטה שנכבשה

They proceeded to continue in the original direction they were going.

הם המשיכו בכיוון המקורי שאליו הלכו

To see if there had been any reason they were ordered to turn around.

כדי לראות אם הייתה סיבה כלשהי לכך שניתנה להם הוראה להסתובב

***

The next day, it appears, they landed on a small island.

למחרת, כך נראה, הם נחתו על אי קטן

Although no island is known to exist in that part of the ocean.

למרות שלא ידוע על קיומו של אי בחלק זה של האוקיינוס

Six of the men somehow died ashore while on the island.

שישה מהגברים מתו איכשהו על החוף בזמן שהיו על האי

Though Johansen is queerly reticent about this part of his story.

למרות שיוהנסן מסויג באופן מוזר לגבי חלק זה של סיפורו

And he speaks only of their falling into a rock chasm.

והוא מדבר רק על נפילתם לתהום סלע

Later, it seems, he and one companion boarded the yacht.

מאוחר יותר, כך נראה, הוא ואחד מבני לווייהיו עלו על היאכטה

Together they tried to sail the ship, undermanned.

יחד הם ניסו להשיט את הספינה, כשהם חסרי כוח אדם

But they were beaten about by the storm of April 2nd.

אבל הם הובסו על ידי הסופה של ה-2 באפריל

From that time till his rescue on the 12th, the man remembers little.

מאותו רגע ועד להצלתו ב-12, האיש זוכר מעט

And he does not even recall when William Briden, his companion, died.

והוא אפילו לא זוכר מתי ויליאם ברידן, בן לווייתו, מת

Autopsy could reveal no obvious cause to Briden's death.

נתיחת הגופה לא הצליחה לחשוף סיבה ברורה למותו של ברידן

The most likely cause of death is exposure to the elements.

סיבת המוות הסבירה ביותר היא חשיפה לפגעי מזג האוויר

The Dunedin reported that their boat, the Alert, was well known.

הדונידין דיווחו כי סירתם, ה"אלרט", הייתה מוכרת היטב

The island traders bore an evil reputation along the waterfront.

לסוחרי האי יצא מוניטין רע לאורך קו המים

The ship was owned by a curious group of half-castes.

הספינה הייתה בבעלות קבוצה מוזרה של בני חצאי קאסטה

Frequent meetings and night trips to the woods attracted curiosity.

פגישות תכופות וטיולים ליליים ליערות עוררו סקרנות

The ship had set sail in great haste on March 1st.

הספינה הפליגה בחיפזון רב ב-1 במרץ

Just after the storm, and the earth tremors that night.

מיד אחרי הסערה, ורעידות האדמה באותו לילה

Our Auckland correspondent gives the Emma excellent reputation.

כתבנו מאוקלנד מעניק לאמה מוניטין מצוין

The Crew from the Emma were held very in high regard.

הצוות של האמה זכה להערכה רבה

And Johansen is described as a sober and worthy man.

ויוהנסן מתואר כאדם פיכח וראוי לציון

The admiralty will institute an inquiry on the whole matter.

האדמירליות תקים חקירה בנושא כולו

Starting tomorrow they will collect all relevant information.

החל ממחר הם יאספו את כל המידע הרלוונטי

Every effort will be made to induce Johansen to speak.

ייעשה כל מאמץ לשכנע את ג'והנסן לדבר

This and the hellish image were all the information I had to go on.

זה והתמונה הנוראית היו כל המידע שהיה לי כדי להמשיך

But what a train of ideas that little information started in my mind!

אבל איזו שרשרת של רעיונות המידע הקטן הזה התחיל במוחי!

Here were new treasuries of data on the Cthulhu Cult.

הנה היו אוצרות חדשים של מידע על פולחן קת'ולהו

The cult not only had interests on land.

לכת לא היו רק אינטרסים בקרקע

Now there was evidence they also had connections to the sea.

עכשיו היו ראיות לכך שהיו להם גם קשרים לים

What motive prompted the hybrid crew to order back the Emma?

איזה מניע גרם לצוות ההיברידי להורות על החזרת האמה?

Why did they sail about with their hideous idol?

למה הם הפליגו עם הפסל המזוויע שלהם?

What was the unknown island on which six of the Emma's crew had died?

מה היה האי הלא ידוע שבו מתו שישה מאנשי צוותה של אמה?

And why was Johansen so secretive about their death?

ומדוע ג'והנסן היה כה סודי בנוגע למותם?

What had the vice-admiralty's investigation brought out?

מה העלתה חקירת סגן האדמירליות?

And what was known of the noxious cult in Dunedin?

ומה היה ידוע על הכת המזיקה בדנידין?

Nor could one help but marvel at the timing of the events.

אי אפשר היה שלא להתפעל מעיתוי האירועים

There was a deep and more than natural linkage between the dates.

היה קשר עמוק ויותר מטבעי בין התאריכים

A malign and now undeniable significance to the various turns of events.

משמעות מזיקה וכעת בלתי ניתנת להכחשה לתפניות האירועים השונות

***

My uncle had noted with great care the connecting events.

דודי ציין בקפידה רבה את האירועים המקשרים

On March 1st the earthquake and storm had come.

ב-1 במרץ הגיעה רעידת האדמה והסופה

February 28th, according to the International Date Line.

28 בפברואר, לפי קו התאריך הבינלאומי

From Dunedin the noisome crew of the Alert darted eagerly forth.

מדנידין זינק קדימה בלהיטות הצוות הרועש של האלרטט

They moved as if they had been imperiously summoned.

הם נעו כאילו נקראו במצוות

On the other side of the earth the other events unfolded.

בצד השני של כדור הארץ התרחשו אירועים אחרים

Poets and artists had begun to have their strange dreams.

משוררים ואמנים החלו לחלום חלומות מוזרים

Dreams of a dank Cyclopean city from times long gone.

חלומות על עיר קיקלופית רטובה מימים עברו

A young sculptor was persuaded by these dreams too.

גם פסל צעיר השתכנע מחלומות אלה

In his sleep he molded the form of the dreaded Cthulhu.

בשנתו הוא עיצב את צורתו של קת'ולהו המפחיד

On March 23rd the crew of the Emma landed on an unknown island.

ב-23 במרץ נחת צוות האמה על אי לא ידוע

There on that island they left six men dead.

שם, על האי ההוא, הם השאירו שישה אנשים הרוגים

On that date the dreams of sensitive men assumed a
heightened vividness.

באותו תאריך, חלומותיהם של גברים רגישים קיבלו חיות רבה יותר

Their dreams darkened with dread of a giant monster's
malign pursuit.

חלומותיהם החשיכו מפחד מפני מרדף זדוני של מפלצת ענקית

One architect went mad from his dreams that night.

אדריכל אחד השתגע מחלומותיו באותו לילה

And a sculptor had lapsed suddenly into delirium!

ופסל שקע לפתע בהזיה!

And then there was the storm of April 2nd.

ואז הייתה הסערה של ה-2 באפריל

The date on which all dreams of the dank city ceased.

התאריך שבו כל החלומות על העיר הלחחה פסקו

Wilcox emerged unharmed from the bondage of strange
fever.

וילקוקס יצא ללא פגע מכבלי הקדחת המוזרה

And everything appeared to be normal again.

והכל נראה שוב כרגיל

But what about the hints old Castro had suggested?

אבל מה לגבי הרמזים שקסטרו הזקן הציע?

What about the sunken, star-born old ones?

מה לגבי הזקנים השקועים, ילידי הכוכבים?

What about their promised return and coming reign?

מה לגבי חזרתם המובטחת ושלטונם הקרב ובא?

What about their faithful cult and their mastery of dreams?

מה לגבי הכת הנאמנה שלהם ושליטתם בחלומות?

Was I tottering on the brink of cosmic horrors?

האם עמדתי על סף זוועות קוסמיות?

Cosmic horrors far beyond man's power to bear?

זוועות קוסמיות הרבה מעבר לכוחו של האדם לשאת?

If so, they must be horrors of the mind alone.

אם כן, אלו בוודאי זוועות הנפש בלבד

On the second of April there was sudden coordinated calm.

ב-2 באפריל השתררה רגיעה מתואמת פתאומית

The monstrous menace that sieged mankind's soul had
vanished.

האיום המפלצתי שצר על נשמת האנושות נעלם

That evening I made all necessary arrangements for onwards travel.

באותו ערב עשיתי את כל הסידורים הדרושים להמשך הנסיעה

I bade my host adieu and took a train for San Francisco.

נפרדתי מהמארח שלי ונסעתי ברכבת לסן פרנסיסקו

***

In less than a month I was at the port of Dunedin.

תוך פחות מחודש הייתי בנמל דונידין

Here, however, my investigation stumbled slightly.

כאן, לעומת זאת, החקירה שלי מעדה מעט

I inquired in the old sea taverns where the men had lingered.

שאלתי בטברנות הימיות היכן התעכבו הגברים

But little was known of the strange cult members.

אבל מעט היה ידוע על חברי הכת המוזרים

Waterfront scum was far too common for special mention.

חלאות על קו המים היו נפוצות מדי מכדי להזכיר אותן במיוחד

But there was vague talk about one inland trip these mongrels had made.

אבל היו דיבורים מעורפלים על טיול אחד בפנים הארץ שעשו הכלבים האלה

Faint drumming and red flames were noted on the distant hills.

תיפוף חלש ולהבות אדומות נצפו על הגבעות המרוחקות

In Auckland I learned only a little more of Johansen.

באוקלנד למדתי רק קצת יותר על יוהנסן

He had been taken to Sydney for the investigation.

הוא נלקח לסידני לצורך החקירה

A perfunctory and inconclusive questioning turned his hair white.

חקירה שטחית ובלתי חד משמעית הלבינה את שערו

Thereafter he sold his cottage in West Street.

לאחר מכן הוא מכר את ביתו ברחוב ווסט

And he sailed with his wife to his old home in Oslo.

והוא הפליג עם אשתו לביתו הישן באוסלו

His experience had clearly stirred him deeply.

החוויה שלו בבירור ריגשה אותו עמוקות

But he told his friends no more than he had told the admiralty officials.

אבל הוא לא סיפר לחבריו יותר ממה שסיפר לפקידי האדמירליות

And all they could do was to give me his Oslo address.

וכל מה שהם יכלו לעשות היה לתת לי את כתובתו באוסלו

After that I went to Sydney and talked profitlessly with seamen.

אחרי זה נסעתי לסידני ושוחחתי לשווא עם יורדי ים

Members of the vice-admiralty court could not enlighten me either.

גם חברי בית המשפט של סגן האדמירליות לא יכלו להאיר את עיניי

I tracked the Alert down to Circular Quay in Sydney Cove.

איתרתי את האזהרה עד למעגלי קוואי בסידני קוב

The ship had been sold and was again in commercial use.

הספינה נמכרה וחזרה לשימוש מסחרי

But I could gain no further clues from the ship's cargo.

אבל לא הצלחתי להשיג רמזים נוספים ממטען הספינה

The image was preserved in the Museum at Hyde Park.

התמונה נשמרה במוזיאון בהייד פארק

The cuttlefish head, dragon body, and scaly wings.

ראש הדיונון, גוף הדרקון והכנפיים הקשקשיות

The monster crouching atop the hieroglyphed pedestal.

המפלצת כורעת על גבי הכן המסומן בהירוגליפים

I studied every detail of the idol long and well.

למדתי כל פרט ופרט בפסל זמן רב ובצורה טובה

The relic was a thing of balefully exquisite workmanship.

השריד היה פריט בעבודת יד מעולה ומעוררת זיוף

I couldn't help but notice the similarity to Legrasse's smaller specimen.

לא יכולתי שלא לשים לב לדמיון לדגימה הקטנה יותר של לגראס

Both idols had the same utter mystery and terrible antiquity.

לשני האלילים היה אותו מסתורין מוחלט ועתיקות נוראית

And both idols had the same unearthly strangeness of material.

ולשני האלילים הייתה אותה מוזרות חומרית בלתי ארצית

Geologists, the curator told me, had found it a monstrous puzzle.

גיאולוגים, אמר לי האוצר, מצאו זאת כחידה מפלצתית

They insisted that the world held no rock like this one.

הם התעקשו שאין בעולם סלע סלע כמו זה

Then I thought with a shudder of what old Castro had told Legrasse.

ואז חשבתי ברעד על מה שקסטרו הזקן אמר ללגראס

The tale of the primal great ones, sunken under the sea.

סיפורם של הגדולים הקדמונים, שטבעו מתחת לים

"They had come from the stars."

"הם באו מהכוכבים"

"They had brought their images with them."

"הם הביאו איתם את התמונות שלהם"

I was shaken with a mental revolution as I had never before known.

הייתי מזועזע ממהפכה מחשבתית שלא ידעתי מעולם

I was now completely resolved to visit Mate Johansen in Oslo.

עכשיו הייתי נחוש לחלוטין לבקר את מאטה ג'והנסן באוסלו

Sailing for London, I re-embarked at once for the Norwegian capital.

הפלגתי ללונדון, וחזרתי מיד לבירה הנורבגית

And one autumn day I landed at the wharves.

ויום סתיו אחד נחתתי ברציפים

***

Johansen's hometown was in the shadow of the Egeberg.

עיר הולדתו של יוהנסן הייתה בצל אגברג

I discovered he lived in the Old Town of King Harold Haardrada.

גיליתי שהוא גר בעיר העתיקה של המלך הרולד האדרדה

For centuries the greater city had masqueraded as "Christiania".

במשך מאות שנים העיר הגדולה התחזתה ל"כריסטיאניה"

King Harald Hardrada kept alive the name of Oslo.

המלך הרלד הרדרדה שמר על שם אוסלו בחיים

I made the brief trip to his residences by taxicab.

עשיתי את הנסיעה הקצרה לביתו במונית

A neat and ancient building with plastered front.

בניין עתיק ומסודר עם חזית מטויחת

And I knocked with palpitant heart at the door.

ודפקתי על הדלת בלב הלם

A sad-faced woman in black answered my summons.

אישה בשחור, בעלת פנים עצובות, ענתה לקריאתי

I was stung with disappointment at the sight.

נעקצתי מאכזבה למראה

She told me in halting English that Gustaf Johansen was no more.

היא אמרה לי באנגלית מהוססת שגוסטב יוהנסן איננו עוד

He had not long survived his return, said his wife.

הוא לא שרד זמן רב לאחר שובו, אמרה אשתו

The doings at sea in 1925 had broken him.

המעשים בים ב-1925 שברו אותו

He had told her no more than he had told the public.

הוא לא סיפר לה יותר ממה שסיפר לציבור

But he had left a long manuscript of "technical matters".

אבל הוא השאיר אחריו כתב יד ארוך של "עניינים טכניים"

These notes of the voyage had been written in English.

רשימות אלה מהמסע נכתבו באנגלית

Evidently in order to safeguard her from the peril of casual perusal.

כנראה כדי להגן עליה מפני סכנת עיון אגבי

He had gone for a walk through a narrow lane near the Gothenburg dock.

הוא יצא לטיול בסמטה צרה ליד רציף גטבורג

A bundle of papers falling from an attic window had knocked him down.

צרור ניירות שנפל מחלון עליית גג הפילה אותו

Two Lascar sailors at once helped him to his feet.

שני מלחים מלסקר עזרו לו לקום על רגליו מיד

But before the ambulance could reach him he was dead.

אבל לפני שהאמבולנס הספיק להגיע אליו הוא כבר היה מת

The physicians found no adequate cause for his death.

הרופאים לא מצאו סיבה מספקת למותו

They mostly attributed his death to heart trouble.

הם ייחסו את מותו בעיקר לבעיות לב

But they added his weakened constitution most likely contributed.

אבל הם הוסיפו שמצבו המוחלש ככל הנראה תרם לכך

I now felt a deep gnawing at my vitals.

עכשיו הרגשתי כרסום עמוק באיברי החיים שלי

A dark terror which will never leave me till I, too, am at rest.

אימה אפלה שלעולם לא תעזוב אותי עד שגם אני אנוח

Whether my death will come "accidentally" or not I can't tell.

האם מותי יגיע "במקרה" או לא, איני יכול לדעת

I spoke to the widow about her husband's work.

דיברתי עם האלמנה על עבודתו של בעלה

And I persuaded her I had a "technical" connection to him.

ושכנעתי אותה שיש לי קשר "טכני" אליו

So she felt I was sufficiently entitled to the manuscript.

אז היא הרגישה שמגיע לי מספיק זכות לכתב היד

And so I attained the dead man's writing.

וכך השגתי את כתב ידו של המת

I began to read the documents on the boat to London.

התחלתי לקרוא את המסמכים על הסירה ללונדון

They were little more than simple, rambling notes.

הם היו קצת יותר מאשר הערות פשוטות ומבולבלות

A naive sailor's effort at a post-facto diary.

ניסיון של מלח נאיבי לכתוב יומן פוסט-פקטו

He strove to recall that last awful voyage day by day.

הוא התאמץ להיזכר במסע הנורא האחרון ההוא יום אחר יום

I cannot attempt to transcribe his notes verbatim.

איני יכול לנסות לתמלל את רשימותיו מילה במילה

The manuscript is clouded with vagueness and redundance.

כתב היד עמום וכתירות

But I will tell the gist of what he wrote.

אבל אני אספר את העיקרון של מה שהוא כתב

Perhaps then you will understand why I stuffed my ears
with cotton.

אולי אז תבין למה מילאתי את אוזניי בצמר גפן

The sound of the water against the vessel's sides became
unendurable.

קול המים כנגד דפנות הספינה הפך לבלתי נסבל

***

Johansen, thank God, did not quite know what he had seen.

יוהנסן, תודה לאל, לא בדיוק ידע מה ראה

But it is evident he had seen the city and the Thing.

אבל ברור שהוא ראה את העיר ואת הדבר

I shall never sleep calmly again when I think of the horrors.
לעולם לא אישן שוב בשקט כשאחשוב על הזוועות

The horrors that lurk ceaselessly behind life in time and space.
הזוועות האורבות ללא הרף מאחורי החיים בזמן ובמרחב

Those unhallowed blasphemies that come from elder stars.
אותם חילול הקודש הטמאים שבאים מכוכבים זקנים

Dreamers beneath the sea known only by a nightmare cult.
חולמים מתחת לים הידועים רק לכת סיוטים

A cult ready and eager to release these monsters into the world.
כת מוכנה ולהוטה לשחרר את המפלצות האלה לעולם

Whenever another earthquake raises their monstrous stone city again.
בכל פעם שרעידת אדמה נוספת תקים שוב את עיר האבן המפלצתית שלהם

When Cthulhu is under the light of the sun once more.
כאשר קת'ולהו נמצא שוב תחת אור השמש

Johansen's voyage had begun just as he told it to the vice-admiralty.
מסעו של יוהנסן החל בדיוק כפי שסיפר אותו לסגן האדמירליות

The Emma, in ballast, had cleared Auckland on February 20th.
האמה, בנטל, עברה את אוקלנד ב-20 בפברואר

The ship had felt the full force of that earthquake-born tempest.
הספינה חשה את מלוא עוצמתה של הסערה שנולדה מרעידת האדמה

The horrors from the sea-bottom that filled men's dreams.
הזוועות מקרקעית הים שמילאו את חלומות הגברים

Once under control again the ship was making good progress.
לאחר שהספינה שוב הייתה תחת שליטה, היא התקדמה יפה

But then the ship was held up by the Alert on March 22nd.
אבל אז הספינה עוכבה על ידי האזהרה ב-22 במרץ

I could feel the mate's regret as he wrote of her bombardment and sinking.
יכולתי לחוש את חרטתו של החבר כשכתב על ההפצצה והטבעה שלה

Of the swarthy cult-fiends on the other boat he speaks with
horror.

על שדי הכת השחומים בסירה השנייה הוא מדבר באימה

There was some peculiarly abominable quality about them.

הייתה בהם איזושהי איכות מתועבת במיוחד

Something made their destruction seem almost a duty.

משהו גרם להשמדתם להיראות כמעט כחובה

This point was brought up during the proceedings of the
court of inquiry.

נקודה זו עלתה במהלך הדיון בבית המשפט לערעורים

Johansen shows ingenuous wonder at the accusation of
ruthlessness.

יוהנסן מפגין פליאה תמימה על ההאשמה באכזריות

Curiosity is what drove the men on in their captured yacht.

סקרנות היא שהניעה את הגברים להמשיך ביאכטה שנתפסה

Sticking out of the sea the men sighted a great stone pillar.

כשהם בלטו מן הים הבחינו בעמוד אבן גדול

In South Latitude 47° 9', West Longitude 126° 43' they come
upon a coastline.

בקו רוחב דרום 47° 9', קו אורך מערבי 126° '43 הם מגיעים לקו חוף

The coastline was of mingled mud, ooze, and weedy
Cyclopean masonry.

קו החוף היה עשוי מבוץ מעורבב, נוזלים ואבן ציקלופית עשבונית

Nothing less than the tangible substance of earth's supreme
terror.

לא פחות מאשר החומר המוחשי של האימה העליונה של כדור הארץ

They had come across the nightmare corpse-city of R'lyeh.

הם נתקלו בעיר הגופות הסיוטית ר'לייה

A city built in measureless eons behind history.

עיר שנבנתה בעידנים אינסופיים מאחורי ההיסטוריה

Monuments to vast loathsome shapes that seeped down
from the dark stars.

אנדרטאות לצורות עצומות ומגעילות שחלחלו מטה מהכוכבים האפלים

There lay great Cthulhu and his hordes for incalculable
cycles.

שם שכבו קת'ולהו הגדול והמוניו במשך מחזורים בלתי ניתנים לחישוב

Hidden in green slimy vaults, they sent out their thoughts.

חבויים בכספות ירוקות ודביקות, הם שלחו את מחשבותיהם

The thoughts that spread fear to the dreams of the sensitive.

המחשבות שמפיצות פחד בחלומותיהם של הרגישים

The thoughts that called imperiously to the faithful.

המחשבות שקראו בציווי למאמינים

"Come on a pilgrimage of liberation and restoration."

"בואו למסע עלייה לרגל של שחרור ושיקום"

All this horror Johansen had no way of suspecting.

לכל הזוועה הזו לא הייתה ליוהנסן שום דרך לחשוד

But God knows he had soon seen enough!

אבל אלוהים יודע שהוא ראה מספיק עד מהרה!

I suppose what they saw was only a single mountain-top.

אני מניח שמה שהם ראו היה רק פסגת הר אחת

Soon the rest of the city emerged from the waters.

עד מהרה שאר העיר הגיחה מן המים

The hideous monolith-crowned citadel where great Cthulhu was buried.

המצודה המחרידה המוכתרת בכתר מונולית, שבה נקבר קת'ולהו הגדול

I shudder to think of all that may be brooding down there.

אני רועדת למחשבה על כל מה שאולי מסתתר שם למטה

And I almost wish to kill myself to stop these thoughts.

וכמעט בא לי להתאבד כדי להפסיק את המחשבות האלה

***

Johansen and his men were awed by the cosmic majesty.

יוהנסן ואנשיו נדהמו מההוד הקוסמי

They beheld the sight of this dripping Babylon of elder demons.

הם ראו את מראה בבל נוטפת זו של שדים זקנים

They must have guessed without guidance what it was they saw.

הם בטח ניחשו ללא הדרכה מה הם ראו

What they saw was nothing of this or of any sane planet.

מה שהם ראו לא היה שום דבר מזה או מכל כוכב לכת שפוי

The unbelievable size of the greenish stone blocks.

הגודל הבלתי נתפס של גושי האבן הירקרקים

The dizzying height of the great carven monolith.

הגובה המסחרר של המונולית החצוב הגדול

And then there was the bas-reliefs found on the captured ship.

ואז היו את תבליטי הבסיס שנמצאו על הספינה שנתפסה

The colossal statues mirrored the scene on the carvings.
הפסלים הקולוסאליים שיקפו את הסצנה שעל הגילופים

Johansen achieved something very close to futurism.
יוהנסן השיג משהו קרוב מאוד לפוטוריזם

Because he did not describe any definite structure or
building.
משום שהוא לא תיאר שום מבנה או בניין מוגדר

He dwelled on the broad impressions of vast angles and
stone surfaces.
הוא התעכב על הרשמים הרחבים של זוויות עצומות ומשטחי אבן

Surfaces too great to belong to anything right or proper for
this earth.
משטחים גדולים מכדי להשתייך למשהו נכון או ראוי לכדור הארץ הזה

Surfaces impious with horrible images and hieroglyphs.
משטחים מרושעים עם תמונות והירוגליפים נוראיים

There is a reason I mention his talk about angles.
יש סיבה שאני מזכיר את הדיבורים שלו על זוויות

It reminds me of something Wilcox had told me of his awful
dreams.
זה מזכיר לי משהו שווילקוקס סיפר לי על חלומותיו הנוראיים

He had said that the geometry of the dream-place he saw
was abnormal.
הוא אמר שהגיאומטריה של מקום החלום שראה הייתה חריגה

Non-Euclidean spheres unlike anything here on earth.
כדורים לא אוקלידיים שלא דומים לשום דבר כאן על פני כדור הארץ

Loathsomely redolent dimensions completely unlike ours.
ממדים מלאי ריח דוחה, שונים לחלוטין משלנו

Now a seaman was describing the exact same thing.
עכשיו תיאר מלח בדיוק את אותו הדבר

They bad both had the same terrible glimpse of this reality.
שניהם חוו את אותה הצצה נוראית למציאות הזו

Johansen and his men landed at a sloping mud-bank.
יוהנסן ואנשיו נחתו על גדת בוץ משופעת

And they looked up at this monstrous Acropolis.
והם הביטו למעלה, אל האקרופוליס המפלצתית הזו

They clambered slippery up over titan oozy blocks.
הם טיפסו בצורה חלקלקה מעל בלוקים טיטאן-נוזליים

Blocks which could have been no mortal staircase.

בלוקים שלא יכלו להיות גרם מדרגות קטלני

The very sun of heaven seemed distorted in this mist.

שמש השמיים עצמה נראתה מעוותת בערפל הזה

A polarizing miasma welling out from this sea-soaked perversion.

מיאזמה מקטבת נובעת מהסטייה הספוגה בים הזו

Twisted menace and suspense lurked in those elusive rocks.

איום ומתח מעוותים ארבו בין הסלעים החמקמקים הללו

A second glance showed concavity where the first showed convexity.

מבט שני הראה קעירות בעוד שהראשון הראה קמירות

Something very like fright had come over all the explorers.

משהו שדומה מאוד לפחד ירד על כל החוקרים

Each man would have fled had he not feared the scorn of the others.

כל אדם היה בורח אלמלא פחד מבוזם של האחרים

And it was only half-heartedly that they vainly searched.

ורק בחצי פה הם חיפשו לשווא

They were looking for some portable souvenir to bear away.

הם חיפשו איזו מזכרת ניידת לשאת איתם

It was Rodriguez, the Portuguese, who climbed up the foot of the monolith.

היה זה רודריגז, הפורטוגלי, שטיפס למרגלות המונולית

From there he shouted of what he had found.

משם הוא צעק על מה שמצא

The rest followed him to the foot of the monolith.

השאר עקבו אחריו עד למרגלות המונולית

They looked curiously at the immense door in front of them.

הם הביטו בסקרנות אל הדלת העצומה שעמדה מולם

The now familiar squid-dragon was carved on the door.

דרקון-הדיונון, שכעת היה מוכר, נחרט על הדלת

It was, Johansen said, like a great barn-door.

זה היה, אמר יוהנסן, כמו דלת אסם גדולה

Although they said it only gave the impression of a door.

למרות שאמרו שזה רק נתן רושם של דלת

They could not decide if the door lay flat like a trap-door.

הם לא יכלו להחליט אם הדלת מונחת שטוחה כמו דלת מלכודת

Or maybe the opening was slanted like an outside cellar-door.

או שאולי הפתח היה משופע כמו דלת מרתף חיצונית

As Wilcox would have said, the geometry of the place was all wrong.

כפי שווילקוקס היה אומר, הגיאומטריה של המקום הייתה שגויה לחלוטין

One could not be sure that the sea and the ground were horizontal.

אי אפשר היה להיות בטוח שהים והקרקע היו אופקיים

Hence the relative position of everything else seemed phantasmally variable.

מכאן שהמיקום היחסי של כל דבר אחר נראה משתנה באופן פנטסטי

Briden pushed at the stone in several places, without result.

ברידן דחף את האבן בכמה מקומות, ללא תוצאות

Then Donovan felt delicately over around the edge of the door.

אז דונובן מישש בעדינות את קצה הדלת

He climbed interminably along the grotesque stone molding.

הוא טיפס ללא סוף לאורך מסגרת האבן הגרוטסקית

Although, if you could really call it climbing is debatable.

למרות זאת, אם באמת אפשר לקרוא לזה טיפוס, זה נתון לויכוח

Perhaps the door was more horizontal than vertical.

אולי הדלת הייתה יותר אופקית מאשר אנכית

And the men wondered how any door in the universe could be so vast.

והאנשים תהו כיצד דלת כלשהי ביקום יכולה להיות כה עצומה

Then, very softly and slowly, something began to happen.

ואז, בשקט ובאטיות רבה, משהו התחיל לקרות

The acre-great panel began to give inward at the top.

הפאנל הגדול-דונם החל להתכופף פנימה בחלקו העליון

And they saw that the door had balanced itself.

והם ראו שהדלת התאזנה

***

Donovan somehow propelled himself back along the jamb.

דונובן איכשהו דחף את עצמו חזרה לאורך המשקוף

And everyone watched the queer recession of the monstrously carven portal.

וכולם צפו בנסיגה המוזרה של הפורטל המגולף להפליא

In this fantasy of prismatic distortion it moved anomalously in a diagonal way.

בפנטזיה זו של עיוות פריזמטי היא נעה באופן אנומלי באלכסון

All the rules of matter and perspective seemed confused.

כל כללי החומר והפרספקטיבה נראו מבולבלים

The aperture was black with a darkness almost material.

הצמצם היה שחור עם חושך כמעט חומרי

That tenebrousness was indeed a positive quality.

הקשיחות הזו הייתה אכן תכונה חיובית

The men were spared from seeing the inner walls.

הגברים נמנעו מלראות את החומות הפנימיות

The darkness burst forth like smoke from its eon-long imprisonment.

החושך פרץ כמו עשן מכליאתו ארוכת הנצח

The sun was visibly darkened by flapping membranous wings.

השמש החשיכה באופן ניכר על ידי כנפיים קרומיות מתנפנפות

And the shadow slunk away into the shrunken and gibbous sky.

והצל חמק אל השמיים המכווצים והגבשושיים

The odor arising from the newly opened depths was intolerable.

הריח שעלה מהמעמקים שנפתחו זה עתה היה בלתי נסבל

The quick-eared Hawkins thought he heard a nasty, slopping sound.

הוקינס בעל האוזניים המהירות חשב ששמע צליל מגעיל ומרשרוש

His ears were confirmed when It lumbered slobberingly into sight.

אוזניו אומתו כאשר הוא הופיע בכבדות אל תוך שדה הראייה

Its gelatinous green immensity groped through the black hall.

גודלו הירוק והג'לטיני גישש באולם השחור

And Its ooze and smell squeezed through the angled door.

והריח והריח שלו נדחקים מבעד לדלת הזוויתית

The Thing went into the tainted air of that poison city of madness.

הדבר נכנס לאוויר המזוהם של עיר השיגעון המורעלת ההיא

Poor Johansen's handwriting almost gave out when he wrote
of this.

כתב ידו של יוהנסן המסכן כמעט נשמט כשהוא כתב על כך

He thinks two men perished of pure fright in that accursed
instant.

הוא חושב ששני אנשים נספו מפחד טהור באותו רגע ארור

The Thing cannot be described with our language.

אי אפשר לתאר את הדבר בשפה שלנו

There are no words for such abysms of shrieking and
immemorial lunacy.

אין מילים לתאר תהומות כאלה של צרחות וטירוף נצחי

Eldritch contradictions of all matter, force, and cosmic order.

סתירות אלדריץ' של כל חומר, כוח וסדר קוסמי

A mountain that walked and stumbled on the earth. God!

הר אשר הלך ומעד על הארץ אלוהים!

No wonder that across the earth a great architect went mad.

אין פלא שמעבר לעולם אדריכל גדול השתגע

No wonder poor Wilcox raved with fever in that telepathic
instant.

אין פלא שווילקוקס המסכן השתולל מחום באותו רגע טלפתי

The green, sticky spawn of the stars, was walking the earth.

הצוץ הירוק והדביק של הכוכבים, התהלך על פני כדור הארץ

The Thing of the idols had awaked to claim his own.

דבר האלילים התעורר כדי לתבוע את שלו

The stars were aligned again, as was predicted.

הכוכבים שוב היו מיושרים, כפי שנחזו

An age-old cult had failed in their duties.

כת עתיקה כשלה בתפקידה

And a band of innocent sailors fulfilled their role by
accident.

וחבורה של מלחים תמימים מילאה את תפקידם במקרה

After vigintillions of years great Cthulhu was loose again.

לאחר מיליוני שנים, קת'ולהו הגדול שוב היה חופשי

And now great Cthulhu was ravening for delight.

ועכשיו קת'ולהו הגדול היה רעב מרוב עונג

Three men were swept up by the flabby claws before
anybody turned.

שלושה גברים נסחפו על ידי הטפרים הרופפים לפני שמישהו הסתובב

God rest them, if there be any rest in the universe.

אלוהים יניח להם מנוחה, אם יש בכלל מנוחה ביקום

Let it be known that their names were Donovan, Guerrera and Angstrom.

ייוודע כי שמם היו דונובן, גררה ואנגסטרום

Parker slipped as he was trying to make his escape.

פארקר החליק בזמן שניסה להימלט

The other three were plunging frenziedly back to the boat.

שלושת האחרים צנחו בטירוף חזרה לסירה

They ran over endless vistas of green-crusted rock.

הם רצו על פני נופים אינסופיים של סלע ירוק

Johansen swears he was swallowed up by an angle of masonry.

יוהנסן נשבע שהוא נבלע על ידי זווית של אבן

An angle which shouldn't have been there.

זווית שלא הייתה צריכה להיות שם

An angle which was acute, but behaved as if it were obtuse.

זווית שהייתה חדה, אך התנהגה כאילו הייתה קהה

Only Briden and Johansen made it back to the boat.

רק בריד ויוהנסן הצליחו לחזור לסירה

The two men had a moment of good fortune.

לשני הגברים היה רגע של מזל טוב

The mountainous monstrosity flopped down on the slimy stones.

המפלצת ההררית נפלה על האבנים הריריות

And the beast hesitated floundering at the edge of the water.

והחיה היססה, מתנדנדת על שפת המים

The steam boat had not entirely run out of hot coals.

ספינת הקיטור לא אזלה לחלוטין מגחלים לוהטות

Despite the departure of all men for the shore.

למרות עזיבת כל הגברים לחוף

Feverishly the two men rushed up and down between wheels.

בקדחתנות שני הגברים רצו הלוך ושוב בין הגלגלים

It was the work of only a few moments to get the engine going.

זו הייתה עבודה של רגעים ספורים בלבד כדי להניע את המנוע

Amidst the distorted horrors of that indescribable scene.

בתוך הזוועות המעוותות של אותה סצנה שלא תתואר

Slowly their boat began to churn the lethal waters beneath her.

אט אט החלה סירתם לטלטל את המים הקטלניים תחתיה

And they moved along the masonry of that charnel shore.

והם נעו לאורך אבני החוף החרמשיות ההוא

That strange coastline that was not from this world.

קו החוף המוזר הזה שלא היה מהעולם הזה

***

The titan Thing from the stars slavered and gibbered.

הדבר הטיטאן מהכוכבים התעבד וגיחך

Like Polypheme cursing the fleeing ship of Odysseus.

כמו פוליפמה שמקללת את ספינתו הנמלטת של אודיסאוס

Then great Cthulhu slid greasily into the water.

אז קת'ולהו הגדול החליק בצורה שמנונית לתוך המים

Bolder and more daring than the storied Cyclops.

נועז ונועז יותר מהקיקלופ המפורסם

Cthulhu pursued them through the water with cosmic movement.

קת'ולהו רדף אחריהם דרך המים בתנועה קוסמית

Briden looked back from the ship and started laughing shrilly.

בריידן הביט לאחור מהספינה והחל לצחוק צורם

From that moment Briden continued laughing at odd intervals.

מאותו רגע בריידן המשיך לצחוק במרווחים מוזרים

But Johansen had not given up yet.

אבל יוהנסן עדיין לא ויתר

He knew his ship had no chance of outpacing the thing.

הוא ידע שלספינתו אין סיכוי לעקוף את הדבר הזה

So he resolved on taking a desperate chance.

אז הוא החליט לקחת סיכון נואש

He loaded the furnace and set the engine for full speed.

הוא טען את התנור והפעיל את המנוע במהירות מלאה

And then he ran lightning-like on deck and reversed the wheel.

ואז הוא רץ כמו ברק על הסיפון והפך את ההגה

There was a mighty eddying and foaming in the noisome
brine.

היתה מערבולת וקצף אדירים במי המלח הרועשים

The steam mounted higher and higher into the sky.

הקיטור עלה גבוה יותר ויותר אל השמיים

And the brave Norwegian reversed the course of the chase.

והנורווגי האמיץ הפך את מסלול המרדף

Before him rose the unclean froth like the stern of a demon
galleon.

לפניו עלה קצף טמא כמו ירכתי גליאון שדים

He drove his vessel head on against the pursuing jelly.

הוא דחף את ספינתו חזיתית אל הג'לי הרודפת

The awful squid-head came nearly up to the yacht's
bowsprit.

ראש הדיונון הנורא כמעט הגיע לחרטום היאכטה

But Johansen drove on relentlessly against the writhing
feelers.

אבל יוהנסן המשיך לנסוע ללא רחם כנגד הגישושים המתפתלים

There was a bursting as of an exploding bladder.

נשמעה התפוצצות כמו שלפוחית שתן מתפוצצת

There was a slushy nastiness as of a cloven sunfish.

היתה שם תחושה מגעילה ובוצית כמו של דג שמש שסוע

There was a stench as of a thousand opened graves.

היתה צחנה כמו של אלף קברים פתוחים

And there was a sound the chronicler did not put on paper.

והיה צליל שהכרוניקן לא העלה על הכתב

For an instant the ship was befouled by an acrid cloud.

לרגע הספינה היתה מכוסה בענן חריף

The green cloud blinded Johansen and the mad man.

הענן הירוק עיוור את יוהנסן ואת המשוגע

And then there was only a venomous seething astern.

ואז היה רק אחורה רותחת וארס

But God in heaven! What the two men saw next;

אבל אלוהים שבשמיים! מה שראו שני הגברים לאחר מכן;

The scattered plasticity of that nameless sky-spawn.

הפלסטיות המפוזרת של אותו צץ שמיים חסר שם

The injured thing was nebulously recombining.

הדבר הפצוע התגבש באופן מעורפל

Soon Cthulhu would be back in its hateful original form.

עד מהרה קת'ולהו יחזור לצורתו המקורית השנואה
But their distance was widening with every second.
אבל המרחק ביניהם הלך וגדל עם כל שנייה
The ship was gaining impetus from its mounting steam.
הספינה צברה תאוצה מהקיטור הגובר שלה
And eventually the cursed city was over the horizon.
ובסופו של דבר העיר המקוללת הייתה מעבר לאופק

***

He did not try to navigate after their lucky escape.
הוא לא ניסה לנווט לאחר בריחתם המזל
His reaction had taken something out of his soul.
התגובה שלו הוציאה משהו מנשמתו
He spent his time brooding over the idol in the cabin.
הוא בילה את זמנו בהרהורים על הפסל שבבקתה
He looked after the laughing maniac in the boat.
הוא דאג למטורף הצוחק בסירה
And he attended to a few matters such as food.
והוא טיפל בכמה עניינים כמו אוכל
Then came the storm of April 2nd.
ואז הגיעה הסערה של ה-2 באפריל
On that day clouds gathered over his consciousness.
באותו יום עננים התקבצו מעל תודעתו
There is a sense of pure and refined delirium.
יש תחושה של דליריום טהור ומעודן
Spectral whirling through liquid gulfs of infinity.
סחרור ספקטרלי דרך מפרצים נוזליים של אינסוף
Dizzying rides through reeling universes on a comet's tail.
נסיעה מסחררת דרך יקומים מתפתלים על זנבו של שביט
Hysterical plunges from the pit to the moon.
צניחות היסטריות מהבור אל הירח
And he plunged back again from the moon to the pit.
והוא צלל חזרה שוב מהירח אל הבור
A cachinnating chorus of the distorted, hilarious elder gods.
מקהלה קורעת לב של האלים הזקנים המעוותים והמצחיקים
And the green bat-winged mocking imps of Tartarus.
והשדונים הירוקים, בעלי כנפי העטלף, הלועגים של טרטרוס
Out of that dream came rescue; the ship Vigilant.
מתוך החלום הזה הגיעה ההצלה; הספינה ויג'יילנט

The vice-admiralty court and the streets of Dunedin.

בית המשפט של סגן האדמירליות ורחובות דונידין

The long voyage back home to the old house by the Egeberg.

המסע הארוך חזרה הביתה לבית הישן ליד נהר אגברג

He could not tell anyone of what he had seen.

הוא לא היה יכול לספר לאף אחד מה שראה

Had he told the truth they would have thought he had gone mad.

אילו היה אומר את האמת, היו חושבים שהוא השתגע

So he secretly wrote of what he knew before death came.

אז הוא כתב בסתר על מה שידע לפני שהמוות הגיע

"Death would be a boon if only it could blot out the memories."

"המוות יהיה ברכה אם רק יוכל למחוק את הזיכרונות"

That was the document Johansen left behind.

זה היה המסמך שיוהנסן השאיר מאחור

And now I have placed this document in the tin box.

ועכשיו הנחתי את המסמך הזה בקופסת הפח

In the box is also the dream carved bas-relief.

בקופסה נמצא גם תבליט החלום המגולף

And I have included the papers of Professor Angell.

וכללתי את המאמרים של פרופסור אנג'ל

With this box shall go this record of mine.

עם קופסה זו ילך התקליט הזה שלי

These notes have become a test of my own sanity.

הרשימות האלה הפכו למבחן לשפיות שלי

But I hope my discoveries are never be pieced together again.

אבל אני מקווה שהתגליות שלי לעולם לא יחוברו שוב יחד

I have looked upon all that the universe has to hold of horror.

הבטתי בכל מה שיש ליקום להציע בתחום האימה

But now even the skies of spring are darkness to me.

אבל עכשיו אפילו שמי האביב הם חושך בשבילי

Even the flowers of summer are forever poison to me.

אפילו פרחי הקיץ הם רעל לנצח בשבילי

But I do not think my life will be long.

אבל אני לא חושב שחיי יהיו ארוכים

As my uncle went, so shall my end come.

כאשר הלך דודי, כך יבוא סופי

As poor Johansen went, so shall my time come.

כפי שהלך יוהנסן המסכן, כך יגיע זמני

I know too much, and the cult still lives.

אני יודע יותר מדי, והכת עדיין חיה

Cthulhu still lives, too, I can only suppose.

גם קת'ולהו עדיין חי, אני יכול רק לנחש

I assume Cthulhu is again in that chasm of stone.

אני מניח שקת'ולהו שוב נמצא בתהום האבן הזו

The city which has shielded him since the sun was young.

העיר אשר הגנה עליו מאז שהייתה השמש צעירה

I know his accursed city is sunken once more.

אני יודע שעירו המקוללת שקועה שוב

The crew of the Vigilant sailed over the spot after the April
storm.

צוות ה"ויג'ילנט" הפליג מעל המקום לאחר סופת אפריל

But his ministers on earth still worship his return.

אבל משרתיו עלי אדמות עדיין סוגדים לשובו

In lonely places they congregate around their idol.

במקומות שוממים הם מתאספים סביב אלילם

And they bellow and prance and slay in satanic ritual.

והם שואגים, מקפצים והורגים בטקס שטני

He must have been trapped by the sinking of his black
abyss.

הוא ודאי נלכד על ידי שקיעת התהום השחורה שלו

Or else the world would by now be screaming with fright
and frenzy.

אחרת העולם היה צועק עכשיו מפחד וטירוף

Who knows how the end will come about?

מי יודע איך יגיע הסוף?

What has risen may sink, and what has sunk may rise.

מה שעלה עשוי לשקוע, ומה ששקע עשוי לעלות

Loathsomeness waits and dreams in the deep.

גועל מחכה וחולם במעמקים

And decay spreads over the tottering cities of men.

וריקבון מתפשט על ערי האדם המתנדנדות

A time will come where that city rises out the sea again.

יגיע זמן שבו העיר הזו תעלה שוב מן הים

But I must not think about when that day will come!

אבל אסור לי לחשוב מתי היום הזה יגיע!

I have one prayer if this manuscript outlives me.

יש לי תפילה אחת אם כתב היד הזה ישרוד אחריי

I pray my executors put caution before audacity.

אני מתפלל שמנהלי עיזבונות יעדיפו זהירות לפני חוצפה

I pray this manuscript meets no other eyes.

אני מתפלל שכתב היד הזה לא יפגוש מבטים אחרים

***

Found among the papers of the late Francis Wayland
Thurston, of Boston.

נמצא בין ניירותיו של פרנסיס ווילנד ת'רסטון המנוח, מבוסטון

www.ingramcontent.com/pod-product-compliance
Lightning Source LLC
Chambersburg PA
CBHW010441170726
48283CB00011B/3318